U0880248

中国古玉鉴藏家

ZHONGGUOGUYUJIANCANGJIA

藏品实录

CANGPINSHILU

——鉴藏二十一家

JIANCANGERSHIYIJIA

侯彦成 主编

文化艺術出版社

Culture and Art Publishing House

中国古玉鉴藏家

ZHONGGUOGUYUJIANCANGJIA

藏品实录

CANGPINSHILU

——鉴藏二十一家

JIANCANGERSHIYIJIA

主编　侯彦成

副主编　白学践

编委（按姓氏笔画顺序）

王明文　王易超　王延春　王晓辉　白学践　孙黛艳　吕梅

李祥云　钟林元　梁秀伟

摄影

宇杉
曹五一
黄小庭
梁秀伟
徐锦荣
徐玉芹
钟林元
赵承凤
侯彦成
金连德
杨华
陈集文
杜义德
李红兵
李英宏
李辉
李祥云

目录 Contents

序 言

随着中国改革开放的深入和经济的崛起，民间收藏已经成为一种社会风气。目前全国的收藏人群已经超过了6000万。古玩作为一种产业，正在成为社会新的经济增长点，中国连绵不断的悠久历史使这种现象具有了深厚的文化底蕴和经济基础。中国传统的文化遗产已经成为当代创意文化产业最宝贵的资源。

与此相适应，中国民间的收藏组织也如雨后春笋般茁壮成长。全国工商联古玩业商会所属的中国古玉器研究会就是其中一颗耀眼的新星。短短三年时间，他们在陕西、山西、山东、黑龙江、浙江、江苏、广东、甘肃、四川、云南、安徽等11个省市成立了地区中心，全国会员已达上千人，并建立了中华古玉博览中心。中国古玉器研究会的活动异常活跃：出版了全国第一本《中华古玉》系列丛书，在平面媒体和电视媒体刊登了很多宣传中国玉文化的精彩文章和古玉器藏品，北京建立了中国第一家古玉博览中心，在古玩界形成了很大的影响力。他们精心策划的《中国古玉鉴藏家藏品实录》一书提出了一个崭新的收藏理念—在研究中国玉器文化的过程中，在发挥专家学者以及市场营销人员作用的同时，把具有长期收藏经验并且拥有大量收藏精品，既能收藏又能鉴赏的收藏家推到一线，让他们充当鉴定收藏队伍的中坚力量。在实践中解决了专家理论知识丰富但缺乏收藏实践、古董经营商善经营但文化底蕴浅薄的不足，从而推出一批既有文化又有实力，既能收藏又能鉴定的新型收藏者，鉴藏家的理念也正是在这种背景下酝酿出炉。

对此，第一，我表示支持。第二，我认为这样做可以化解很多不易解决的矛盾。第三，提倡一种办实事的理念和作风。中国古玉器研究会能够下决心做《中国古玉鉴藏家藏品实录》就是一例，无论是收藏、鉴定、研讨、交流都必须踏踏实实地做事情。邓小平同志提出的“发展就是硬道理”的思想在中国古玉器研究会体现得非常突出。他们在2007年出版书籍达到14本，开展了大量的研究和推介活动，主要依靠自力更生。这样一支充满活力、扎实肯干的鉴藏家队伍，无疑对中国玉文化的继承和发展，对中国传统优秀文化遗产的弘扬将会做出不可磨灭的贡献。

由中国古玉器研究会会长侯彦成任主编，副会长梁秀伟任副主编的《中国古玉鉴藏家藏品实录》，是一部具有很高学术价值的专著，首批推出了21位鉴藏家。他们的藏品经过周南泉、张广文、汪遵国、雷从云等专家的鉴定，其中不乏极为珍贵的文物艺术品，体现了民间收藏发挥“藏宝于民”的作用。这次编撰成书的器物多达300件，其中有红山文化、良渚文化、齐家文化、夏商周、春秋战国、两汉以及隋唐古玉的不少珍品。本书对21位鉴藏家进行了较为详细的介绍，并配以精美时尚的照片，突破了过去文物类专著重物不重人的现象，开辟了一条新的道路。

本书还将推出一支崭新的收藏鉴定团队，他们的经验来自实践，有着十几年甚至几十年的收藏资质，不少人都有专著，这些都是难能可贵的。

我祝本书能够获得圆满成功。

吕济民

2007年6月

【侯彦成】

男，1960年生于古玉世家，中国著名古玉器鉴藏家。现任全国工商联古玩业商会副会长、中国古玉器研究会会长、《中华古玉》丛书主编。2007年创办中华古玉博览中心，系全国工商联古玩业商会中国古玉器研究会创始人。

在他的运筹组织之下，中国古玉器研究会发展迅速，目前广东、江苏、山西、黑龙江、云南、安徽、陕西、四川、山东、浙江、甘肃等省市都建立了古玉器研究中心，一批有志中国玉文化研究、交流的收藏界、艺术界、传媒界、实业界、卫生界、金融界、政界、军界的有识之士汇聚一堂，使中国古玉器研究会的团队形成了以各界精英为主体的崭新结构。

侯彦成早年从军，从事舞台美术工作，而后涉足金融影视界，步入商海后更是聚其财力精心收藏。长期的收藏研究经历，使其典藏的数百件珍贵古玉器，堪称中华瑰宝。侯彦成为人正直、心胸豁达、办事果断，极具人格魅力。他领导的中国古玉器研究会核心团结，办事效率极高。侯彦成重视中国玉文化的弘扬和传播，倡导研究交流之风，他力主"对中国玉文化的研究要面对历史、注重传承，立足市场、培育高端，要大众收藏和精品荟萃两翼齐飞"。侯彦成在传媒发表文章颇丰，其著作《中国民间藏玉大全—集璞轩藏玉选》在国内外具有广泛影响。

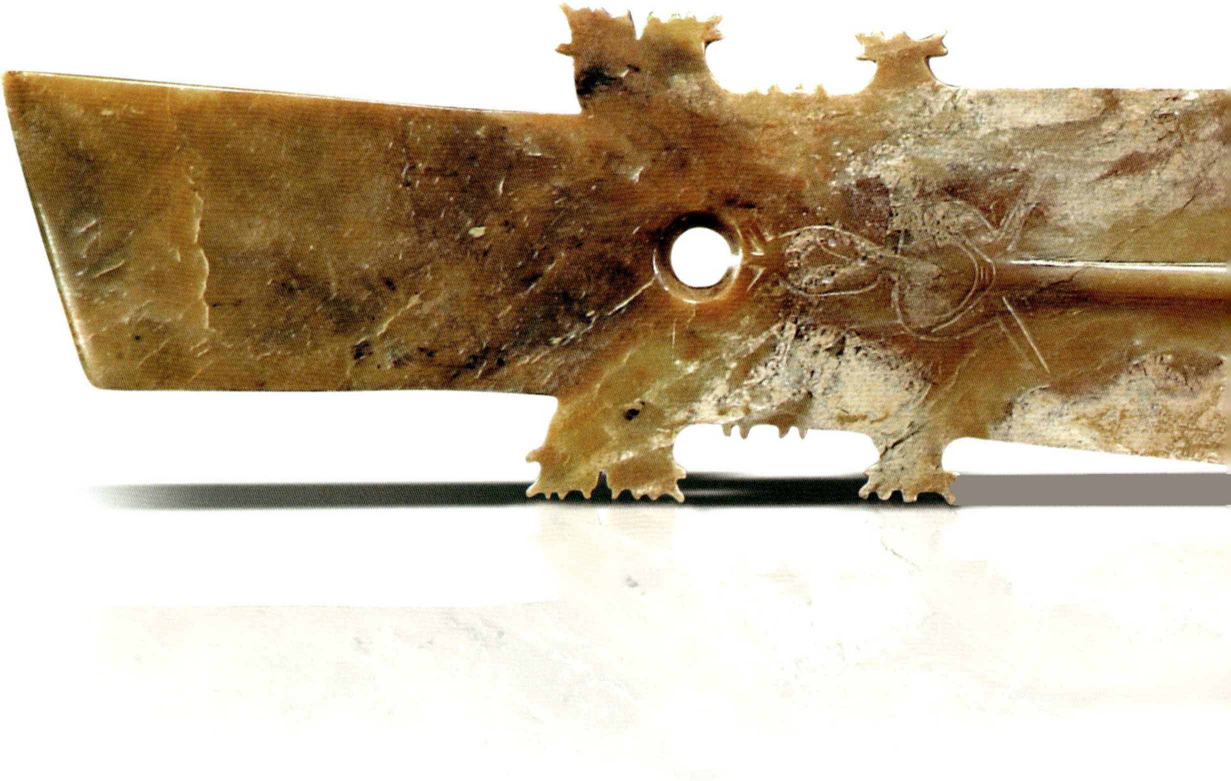

（局部）

玉牙璋　　齐家文化

长44.5厘米，厚0.4厘米

白玉。长方柄，长方体。歧刃，柄、体间有一单钻圆孔。两侧有双兽头上栏和兽头下栏，两栏间有两对齿牙，体、刃间有人形凸棱。

玉变形龙玦 商代

高7.8厘米，宽6.6厘米，厚0.5厘米

白玉。其色为朱砂沁，龙首上唇上卷，下唇下弯，龙尾为分叉状，龙身饰变形云纹。

玉龙玦 商代

高7.8厘米，厚0.5厘米

白玉。沁为朱砂红，器型为商晚期典型样式，外缘为齿牙，龙身为方折变形云纹，上唇上卷有凸，口为突齿状，尾端下卷。

（局部）

水晶佩　　商代

高9厘米，厚0.5厘米

白水晶。表面受沁呈灰褐色。纹饰用双勾阴线表示，整体像一下蹲的猴面人。这种形象多见于商周之交，西周晚期已演变为以简单抽象小尾猴形为主体的小佩件，动物更加抽象，人的形象基本消失。

玉钺　西周

长40厘米，宽33厘米，厚0.6厘米

碧玉。平板状，近似方形。平背，弧刃，刃角微外翘。上端中间单面钻一圆孔，右上角单面钻一小孔，正、背两面的钺身碾琢相对应的双线鸟纹图案。

玉人龙佩　西周

高9厘米

白玉。脱胎后多呈蛋青色，玉表已明显有钙化蚀斑。整器以双龙与一人形构成，线条呈一面坡状。

玉凤冠人物佩(一对)　西周

高9厘米

白玉。其色为朱砂沁。人为蹲姿，手在胸前，为揖敬之状。直角形冠上饰齿牙，冠面及人身上饰变形云纹。目为臣字形，鼻唇为牙凸。其形状、纹饰具西周早期特征。

玉戈　西周

长50厘米，厚0.3厘米

青玉。黛绿沁痕。扁平，斜方柄，单面钻一孔，长体，两侧凹弧刃，尖锋。柄、体间双线刻神人纹，长鬃，臣字眼，手、足为爪形；下体似鸟形，有弧长羽状冠。

（局部）

（局部）

玉琮　　战国

高5.3厘米，宽径6.3厘米

青玉。有褐色条斑，晶莹滋润，部分有灰色沁痕。外方内圆，有对钻圆孔，外有四面，每面阴琢一组兽面纹。此件与湖北随县曾侯乙墓所出玉琮在造型和风格上皆相同。

玉璜　　战国

长45厘米，厚0.5–0.6厘米

青白玉。晶莹滋润，遍体细密整齐的乳钉纹，中部上端有一小孔，为大型组佩主件之一。

（局部）

玉兽面纹佩（一对）　　战国

高4.5厘米，厚0.5厘米

青玉。受沁后出现大面积钙化现象且多见黑、褐色斑点。纹饰以兽面为主体，上部为云纹及解体变形后的龙纹，中部有一上下贯通的小孔以系绳佩戴。做工精细，图饰生动，造型考究。

水晶龙形佩　　西汉

高6.7厘米，宽5厘米，厚0.5厘米

蓝水晶。半透明，微有灰白沁斑，扁平片状。龙昂首张口，长体上卷半圆形，尾部与头部相接，造型优美。与1974年江苏东阳M7所出白玉龙形佩造型相近，风格相同。

水晶环形佩（一对）　　西汉

直径6.2厘米，厚0.5厘米

白水晶。晶莹滋润，遍体朱红色沁痕。扁平环形，中部镂空碾琢舞人，四周雕三个侧体龙头。

玉出廓双龙谷纹璧　　汉代

通高13.6厘米，厚0.4厘米

白玉。玉面土锈沁为红褐色。璧面饰谷纹，璧内外缘砣琢细阴线，线外侧为斜坡棱，其状为战汉时期的典型之状。璧上出廓镂雕之双龙，张牙舞爪，张口相向，颇有生气。

水晶剑饰　　汉代

剑首，径5.5厘米，厚2.7厘米；剑格，宽8厘米，厚2.7厘米；剑璏，长12.5厘米，宽2.9厘米，厚3厘米；剑珌，宽7.2厘米，厚3厘米

白水晶。透明，有红褐色沁痕。由剑首、格、璏、珌四件组成，皆浮雕子、母螭云纹。

玉辟邪　　南北朝

高15.8厘米

青白玉。有红褐、灰白两色沁痕，颈、腹部有大片开窗露出晶莹玉质。圆雕蹲兽，前腿挺立，后肢曲蹲，头部凸眉鼓眼，张口露齿伸舌，颌下有长鬃，神采奕奕。

（局部）

玉辟邪　　南北朝

长9.1厘米，宽5厘米

白玉。有褐、黄、黛绿自然沁痕。圆雕神兽，做奔驰状。圆眼阔鼻，张口露齿伸舌，肩有羽翼，四足雄劲有力。

玉佛　唐代

高12厘米，宽7.5厘米

白玉。深沁遍呈灰褐色，额、胸、背、袖、底部露晶莹玉质本色。圆雕，如来佛作跏趺坐姿，螺髻圆脸，两侧大耳，面部端正清秀，作沉思状；宽衣长袍，双手前抱作捻指状，衣褶皆作粗阴线，简练劲拔。

【梁秀伟】

男，系北京著名媒体的资深记者，高级编辑，我国著名鉴藏家。

现任北京珠宝玉石协会 、北京工艺美术行业协会副会长，全国工商联古玩业商会中国古玉器研究会常务副会长，系第五届中国工艺美术大师专家评审委员会委员。

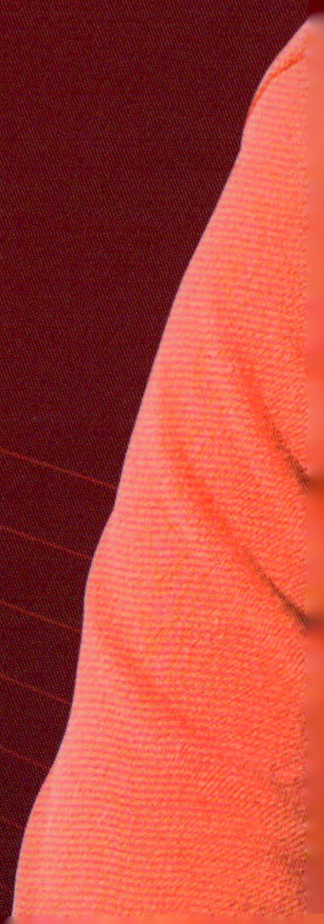

玉琮　良渚文化

高11.5厘米,直径5.7厘米

青玉。通体包浆温润。神面纹饰分六层布局,阴刻平行直线,工整匀细,开坯和使用后留下的痕迹更显时代沧桑。

玉镯　　良渚文化

外径8.5厘米，内径5.5厘米，厚1.5厘米

该玉镯因受沁严重，通体呈鸡骨白色，部分环体有青绿色及红褐色瑕斑。玉镯呈宽带环状，琢制规整，系光素良渚玉镯中的开门之物。

玉琮　齐家文化

高46厘米，宽12厘米，外径12厘米，内径9厘米

该玉琮系用甘肃当地玉碾琢而成。形体硕大，包浆完好，黄色土沁与胎体墨绿云纹般肌理相辉映，极富齐家素面玉琮洒脱、自然、大气的风格。该玉琮系对钻而成，残留台痕清晰。

玉三孔璧　齐家文化

外径38.5厘米，孔径5.2厘米

该玉璧系齐家文化中期的典型祭祀用品。玉色碧绿，沁色自然，包浆完好。璧中三孔系单面琢制而成，留有明显台痕，且包浆丰满。

玉柱形玦　　齐家文化

高24.2厘米，外径9.4厘米

该玉玦呈柱形，形体硕大，在玉玦造型中较为罕见。该玉玦玉质青绿，柱体内外均留有管钻雕琢的台痕。柱壁上留有云朵般沁痕，系土沁所为。

白玉龙玦　　商代

直径6.2厘米，孔径2厘米，厚0.7厘米

白玉。微沁，形体作“C”字形，首尾相对，张口露齿，臣字型眼，脊背琢以扉棱形，颈部穿孔，以供悬挂之用。

熊形玉觥　　战国

高12厘米，宽10.5厘米

该熊形玉觥造型丰满，质感拙朴。母熊席地而坐，造型憨态可掬。熊形玉觥装饰两羽神翅，几处阴刻的毛发，管钻的双目，恰到好处地表现出战国时期对动物造型的追求。该熊形玉觥因长期受沁，通体遍布黄色和酱红色沁。

玉凤柄凤纹匜　战国

宽19厘米，高10厘米

白玉。造型端庄典雅。玉匜的握柄雕成凤形，凤眼炯炯有神，构思极为巧妙。匜身以一面坡粗阴线与一条垂直细阴线相交成阳纹的方法，琢出对称两只飞凤，玉匜流部饰以兽面，顿使玉匜生出高雅之气，加上匜流造型颇具动感，充分显示战国时期琢玉的高超技艺。

玉勒子　战国

高4.1厘米，外径1厘米

黄玉。小巧玲珑，周身满布隐起谷纹，造型古拙。因历经沧桑，朱砂沁色深入肌理，更显器物抢眼悦目。

松石勒子　战国

高4.6厘米，外径1.6厘米—1.1厘米

松石。造型端庄，玉色蓝绿。满布全身的、以剔地浅浮雕方法雕琢的隐起谷纹与五彩斑斓的沁色融为一体，尽显战国中期风格。

龙纹玉璧　西汉

直径17.8厘米，孔径3厘米，厚0.4厘米

青玉。一绳索纹将玉璧分为两区。内区饰以蒲纹；外区为四组一首双身之夔龙纹，龙身以游丝阴刻细线装饰。线条流畅，勾勒精工，沁色自然悦目。

白玉瑗　汉代

外径5.4厘米，内径2.2厘米，厚0.8厘米

白玉。造型敦厚，沁色由内而外，满布瑗体，滋润的包浆使玉瑗尽显典雅端庄之美。

玉凤纹出廓璧　　汉代

高24.1厘米，外径13.1厘米，孔径4厘米，厚0.6厘米

白玉。满布璧面的乳钉纹以减地法琢出，雕琢细腻，刀法干练。出廓的凤纹以透雕技法琢出，造型典雅，使玉璧顿生高贵之气。

玉螭纹牒形佩　　汉代

高9.5厘米，宽5.1厘米

该牒形佩质地青黄，沁布满身，造型敦厚古朴，雕琢的螭虎游走腾挪，形态极为生动。牒形佩内侧以极细之阴刻线琢出一凤纹，寓龙凤呈祥之意。

白玉印　宋代

高2.4厘米，底宽3厘米

白玉。印纽龙型琢之。龙头有两角，身似龟状，有尾，两目炯炯有神，通体包浆温润。底部未琢制印文，但边棱圆润，触摸似小儿肌肤般细滑，可见把玩时日之久。

【李祥云】

男，生于天津，回族。1960年毕业于黑龙江绥化中师，任中学教师。1966年毕业于黑龙江省教育学院中文专科，历任绥化文化馆、绥化地区艺术馆创作员、创作辅导员；《章回小说》杂志编辑、副主编、主编、研究员、编审。

自1960年始发表诗歌、小说。著有长篇小说《血迹》、《黑狐殿》，中篇小说《心灵荒原上的狼》、《瓜熟飘香》等六部，短篇小说、散文、报告文学数十篇。为黑龙江省作家协会会员、中国少数民族文学学会会员。李祥云这一独特的经历，使其在收藏研究中国高古玉器二十余年的经历中充满了"文人气息"，其相继出版和刊发的《祥云轩古玉收藏与研究》、《祥云轩红山玉龙鉴藏与真伪辨析》等专著及《红山玉大蝙蝠》、《情动战国"蓝晶"佩》等四十余篇论文与赏析文章，观点鲜明、分析精辟、深入浅出、理念独到，观后发人深省。现任全国工商联古玩业商会中国古玉器研究会副会长、《中华古玉》副主编、赤峰红山文化研究会顾问、中国收藏家协会会员。

玉共身龙凤　　红山文化

高7.3厘米，宽13.6厘米，厚2.2厘米

黄玉。造型为侧置U形，上龙下凤。龙首为一般勾形龙首之状，凤首为雁鹤首之状。玉表布满沁疤、沁坑，沁孔较少，有黄白色云片状沁。

玉兽首龙（玦）　　红山文化

高6.5厘米，宽5.4厘米，厚2.4厘米

墨玉。正面棱上双坑为鼻孔；玦口棱上部一条断开的横棱为复合人面的扁长双目；玦孔之中的大孔近似直穿。此龙包浆浓厚，油亮，布满簇状土咬坑。

玉牛首龙（玦）　　红山文化

高7.7厘米，宽6厘米，厚2.2厘米

黄玉。受沁为青黄色。牛首双耳斜立，双角相衔为环形，双目圆凸，唇上翘。玉牛首龙（玦）在红山文化玉器中极为罕见。

玉鸮首人胸蝉腹龙神

红山文化

高17厘米，宽5.7厘米，厚9.1厘米

青玉。鸮首，人胸，蝉腹，立姿，应为龙神。胸凸，双手抱腹，为孕妇状。蝉腹为凸棱，胸背后为蝉翅。底部为马蹄状，便于摆立。玉表有多处沁孔，多处已包浆弥合。

玉猪龙驮鸮　　红山文化

高17厘米，宽5.7厘米，厚9.1厘米

黄玉。鸮蹲立于猪龙头顶。猪头横宽，鸮身高立；鸮目圆，猪目长；鸮喙内弯，猪唇上翘。突出结构的和谐与反衬之美感。沁有淡黄、红褐的斑块，有沁孔，有密集土沁斑点与土咬坑，玉面大部分呈现为橘皮状。

玉兽首龙（玦）　红山文化

高12.4厘米，宽9.3厘米，厚3.6厘米

青碧色玉。色泽艳丽。平凸圆目外为半环形棱，一对水滴形棱为双鼻孔。龙背部轻度钙化，沁为甘黄色，有云雾片状红褐色沁和白色团雾状沁，小穿孔内的螺旋钻磨痕粗糙。

（局部）

玉兽首龙（玦）　　红山文化

高14.8厘米，宽10.6厘米，厚4厘米

碧玉。玉质碧绿厚重，为红山玉器中所少见。瑕裂与沁纹中有灰色金属沁出，玉面有沁坑、沁沟和沁孔。穿系孔外部的蚀孔有佩戴之磨痕。

玉蝙蝠　　红山文化

（局部）

高16.5厘米，宽32.3厘米

青黄玉。沁为铁灰、灰黑色，局部沁有枣皮红色、灰黄色，上部前后两侧泌杏黄色浆体。蝙蝠两翼伸展，其上饰数道减地凸棱，尤显劲健之美。

（局部）

玉鱼　　红山文化

高8.8厘米，长25.9厘米，厚4.6厘米

黄玉。应是鲑鱼，其上饰平行斜纹棱。腹鳍左右一对，便于摆立。鱼目圆凸，棱坡上琢环形槽，内为眼球，外坡为眼睑，棱坡外琢隐凹。玉面沁为枣皮红色，浅色处为钙化层。沁有土咬坑、沁孔。沁纹为黑花状。

玉狗首龙（玦）　　商代（上）

高9.5厘米，宽8.5厘米，厚1.8厘米

青黄玉。龙首凹面，尖耳，管钻圆目，尾端内敛。阴线沟较宽，砣痕粗糙，坡面起伏不平，有砣具运作而留下的节奏感。紫红、血红、杏黄诸沁色中有红色灰色毛纹。

玉龙纹璧　　西周（下）

径11.2厘米，厚1厘米

青黄玉。龙纹铺满璧面。龙口大张，唇上卷，上下唇的边缘为S形。璧外缘上有两个似龙尾的尖端，孔内缘上亦有两个似龙尾尖端，龙体便形成旋转状的旋涡。漩涡状体，上卷龙唇，满饰（双阴线）阳纹，铺饰几字纹。璧面多处有沁孔，大多消失而钙化。

玉龙虎纹璧（一对）　　西周

高14.8厘米，厚0.5厘米

黄玉。纹饰对称，分为两个部分，每部分一端为虎首，另一端为虎尾。两侧均有虎目，中间部分亦有目，目之前为大张之虎口。纹线多为阳纹、变形云纹，或为爪为尾，或为角为口。玉面有黄白色沁斑、沁孔、灰白色云雾状沁片。

（局部）

玉变形云纹虎形璜　春秋

高6.8厘米，宽13.3厘米，厚0.4厘米

白玉。沁为松香黄色，深处为紫红色，一侧蚀有沁坑沁疤。首尾纹饰密集，首后尾前纹饰稀疏，应为抽象的龙凤。腰部饰雁阵纹，器边缘饰细丝纹。纹饰为一面坡纹，宽线之外加琢细阴线。

（局部）

玉镂雕舞女螭龙纹璧　　战国

径10.1厘米，厚0.4厘米

白玉。分为内外两个层次，内为蒲纹环，外为镂雕部分。舞女左右对称，一手扬袖，一手甩袖，袖端喇叭状，袖裙饰绳纹，发型正面为弓形。上为龙面，下为螭龙，尾饰绳纹。砣线深刻，人物的发丝细线很细很短，并非一砣而就，而是由两次运刀砣就。

玉虎（一对）　战国

高4.2厘米，长8.7厘米，厚0.65厘米

碧玉。受沁后出现暗黑色，有玻璃光泽。虎身饰单一云纹，尾饰双弧纹，为战国典型纹饰。砣线宽深刚劲，圆转流畅。

玉镂雕四灵纹璧　汉代

径13.1厘米，厚0.5厘米

黄玉。受沁后为暗绿色与浅淡甘黄色，玉表沁为橘皮状，有云雾状、片斑状沁，沁有黑色金属点。镂雕两组四灵：青龙，张大口，绳纹粗尾；白虎，似猪似熊；朱雀，喙琢虎鬃，尾与龙尾相衔；玄武，在朱雀之后，龟壳在璧缘之上，龟首在下。璧外缘的龙唇、龙耳、龙鳍、虎尾、雀翅、龟壳的端部，均为尖锐之棱。

玉辟邪　　汉代

高8.7厘米，宽4.8厘米，长10.9厘米

白玉。沁有老甘黄、土黄、土红色，以及花簇状灰黑色，有沁孔。眉目、鼻唇、耳鬃，为汉代较早期的造型。前肢肘上之长毛夸张，肘部琢涡纹，肢后饰平行斜纹，尾分叉。肘后边毛的砣工，砣线深刻，有一定宽度，沟底大多有双钩痕。

【王明文】

男，1957年出生，哈尔滨市人。
1985年毕业于哈尔滨科技大学。

自1993年始历任哈尔滨工业大学节能技术有限公司总经理、达通热能有限公司董事长。1998年开始收藏，对红山文化、辽金文化古玉器较有研究。现任全国工商联古玩业商会中国古玉器研究会常务理事、中国古玉器研究会黑龙江省中心主任。

(局部)

玉兽首龙（玦） 红山文化

高11厘米，宽8厘米，厚3.5厘米

黄玉。背部有一对穿系孔。沁色大部分为甘黄色、土红色，沁润深透，分布自然和谐。

玉勾云形器　　红山文化

高10.8厘米，宽30.3厘米，厚0.6厘米

青玉。上部镂雕一对回首龙，龙尾为回首凤。下部为燕尾状齿牙，两端为圆弧形云头状。龙凤身躯中间与齿牙上部琢隐凹，隐凹的面上有石器刮削痕迹。有沁坑和云片状沁。

玉勾形龙　　红山文化

高25厘米，宽26.3厘米，厚2.9厘米

青黄玉。沁有黑灰色、红黄色毛纹，有云雾状、团状、片状沁，深层沁为红褐色。有沁坑、沁沟，刮磨痕迹已经受沁。

玉马蹄形器（一对）　　红山文化

高14.5厘米，上宽10.3厘米，下宽7.5厘米，厚0.3厘米

黄玉。玉表钙化，呈灰白黄褐色，有丝缕状沁。布满土咬坑与沁孔，玉深层沁有红色。

玉劳作人　　红山文化

高23厘米，宽16厘米，厚10厘米

玉质不详。玉表灰化，布满土咬坑与沁孔沁沟。玉人五官为阴线凹槽，头后为发髻，应为女性。右手操器，左手持物，为劳作之状。腹前梳篦状凸棱应是古代劳动的台案，或是制玉的平台。身下上翘弧形棱，应是坐垫之类。

（局部）

玉马蹄形器　　红山文化

高15.9厘米，宽9.8厘米，厚6.1厘米

青玉。器表有沁孔、沁沟，有云雾状沁纹。器表留有原始刮磨痕迹，手感温和润泽。

玛瑙牛首龙神　　红山文化

高7厘米，宽3.6厘米，厚4.1厘米

玛瑙。此器材质俗称蚕丝玛瑙，其纹理呈条纹状，蜜蜡黄色与灰白色相间。螺旋纹中心点为所谓石眼，将其琢在双目、双膝等部位，更具艺术之美感。黄色条纹软于白色条纹，多处受沁为灰质状，穿系孔内已蚀为盐碱性物质，多处沁有沁花。

玉勾形龙　红山文化

高25厘米，宽26.3厘米，厚2.9厘米

青黄玉。沁有黑灰色、红黄色毛纹，有云雾状、团状、片状沁，深层沁为红褐色。有沁坑、沁沟，刮磨痕迹已经受沁。

玉龙虎斗牛　　战国

高12厘米，宽21.5厘米，厚5.5厘米

白玉。龙虎为一方，一咬后腿，一咬前腿。龙虎在上，牛则居下，且牛角刺穿虎腿。牛目、虎耳、龙纹，均为战国特征。其吞噬角斗之状，亦有战国之气势。朱砂沁深透，灰化层亦厚。

玉浮雕带饰　　汉代

高15厘米，宽14厘米，厚3.8厘米

青白玉。上部高浮雕一凤首二龙首。凤首居中，双翅向上外展，双臂向内弯为双蛇，双肢下伸，双爪捉在下面兽面之眉脊。兽目夸张，唇为角弯形，琢麻密坑点，造型怪异。兽面两侧为龙身龙足龙尾。浮雕在阴刻地子上逐层隆起，阴线由细到粗，到浅棱，到高凸，层次分明。

玉骆驼（一对）　　汉代

大：高11.2厘米，长16.2厘米，厚5.1厘米　　小：高11厘米，长14厘米，厚4.6厘米

白玉。一雄一雌，左右对称。驼首高昂，张嘴，呲牙，圆目，棱眉，立耳，弯尾，阔步，富于生气。

玉蹬兽乐俑（一对）　　汉代

高21.5厘米，宽7.5厘米，厚4.3厘米

白玉。乐俑及蹲兽均左右对称。乐俑肩上绳纹飘带凌空舞起，极富动感；侧首之态若沉醉于自奏其曲。蹲兽之动作亦生动传神。

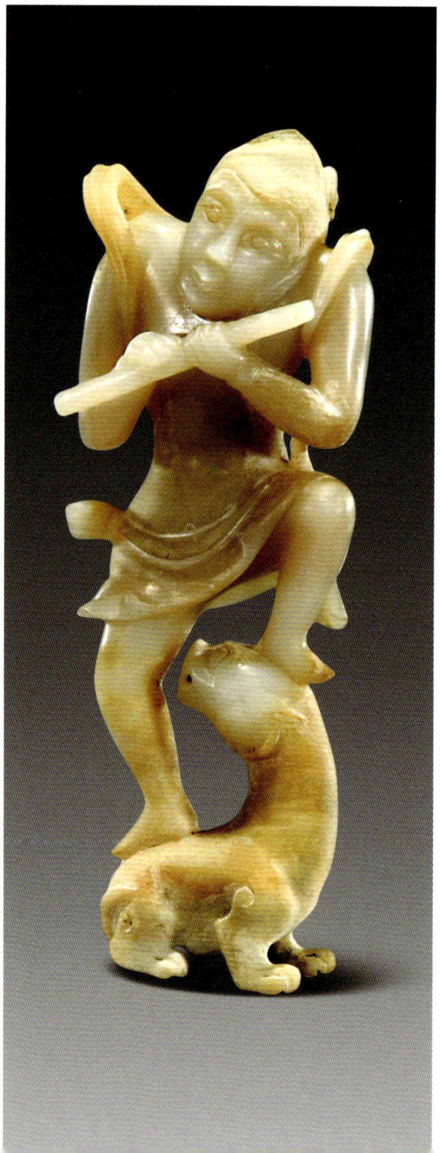

镶嵌松石浮雕龙马铭文玉枕　　汉代

高6.5厘米，宽11.8厘米，厚7.5厘米

白玉。浮雕龙马，突显其精神；浮雕奔欢之鹿，寓意在于福禄寿；浮雕小龙，点明宜子孙之旨。枕面阴刻颠倒双凤，枕地铭文“长宜子孙延寿万年”。枕上下边缘镶嵌十六颗绿松石。器表有朱砂沁、灰沁、水沁。

【陳集文】

现任广州市恩明货物运输有限公司董事长。经商多年，男，1961年出生。

2003年被选为广东省揭阳市揭东县人大代表。酷爱收藏，对中华古玉器情有独钟，藏品颇丰。现任全国工商联古玩业商会中国古玉器研究会名誉副会长、中国古玉器研究会广东省中心主任。

CLASSIC

玉琮　齐家文化

高23厘米，射径13.5厘米，孔径10厘米

黛绿色玉。有银色斑点，晶莹滋润。圆筒形，外壁有四条竹节形凸棱，抛光精致。

（局部）

玉璧　　齐家文化

直径43.5厘米，孔径8厘米，厚1.2厘米

青玉。有条斑，晶莹滋润，表面有灰、黄、褐色沁痕。扁平板状，圆形。中有单面钻圆孔，入口大出口小，孔壁有旋痕。正背两面有凸起线状构成的图像，正面为挥鞭人像、蝙蝠、鹿纹，背面为肩挑人像、鱼、猪。

玉牙璋　　齐家文化

长66厘米，宽16厘米，厚0.6厘米

黛绿色玉。有灰白色斑点。扁平片形，方柄，长方体，弧刃内凹，柄体间两侧有上、下栏。下栏作兽头形，单钻三孔。上、下栏体部一孔较大，并在正、背面阳刻方体云纹，上端为左、右两个，下端为左、右连体。

玉五璜联璧　　齐家文化

直径23.5厘米，孔径7.3厘米，厚0.3厘米

青玉。晶莹滋润。五璜合成一璧，每一璜片，一侧钻双孔，另一侧钻一孔，皆为单面钻，入口大出口小，孔壁有旋痕。

玉璧　　西周

直径15.6厘米，孔径4.1厘米，厚0.3厘米

青玉。晶莹滋润，有灰白色沁痕，露有黄、绿色半透明玉质本色。扁平圆形，中有圆孔，正背面对应阴碾龙凤纹图案，以双线纹和一面斜坡纹为特征，图案繁缛工整。背面圆孔侧有一道切锯痕，表面抛光精细。

玉璧　战国－秦代

直径8.4厘米，孔径2厘米，厚0.5厘米

白玉。鸡骨白色，通体光亮。扁平圆形，中有圆孔，正背两面遍饰规整云纹，背面有三道弧形切割痕。

玉舞人　汉代

高8.1厘米，宽4厘米，厚0.4厘米

青白玉。晶莹滋润，表面有蚀斑。扁平片状，舞人为镂空雕，长裙，长袖起舞，一手甩袖过头。组佩饰件之一，应为对应两件。

玉鸡心佩　　汉代

高8.7厘米，宽4.5厘米，厚1.3厘米

青玉。部分有灰褐色沁痕，扁平鸡心形。正面高浮雕云中螭虎纹，虎头有出廓，卷体长尾，背面中有圆孔，尖头卷尾，阳刻卷云纹。

玉杯　　汉代

高3.8厘米，长17厘米，宽9厘米

青玉。遍体灰褐色沁痕。耳杯状，唯双耳不在两侧，而在前后方，腹部及两耳阴刻卷云纹，矮圈足内刻“川壬乍且用禾”六字。

玉剑饰（一组四件）　　汉代

剑首直径5.4厘米，格宽6.6厘米，璏长11.2厘米，珌宽6.4厘米

青玉。晶莹滋润，有褐、灰两色沁痕。由剑首、格、璏、珌四件组成一套，皆浮雕螭虎纹，剑首、璏又加饰凤纹。

玉管　　西汉

长17.2厘米，直径2厘米，孔径1厘米

白玉。受沁呈鸡骨白色，局部开窗有白色半透明本色。长管状，有对钻圆孔，外表 主体浮雕两组云、熊纹饰，两端各有一云螭纹。造型生动，碾工精致。

玉环（一对）　西汉

直径7.6厘米，孔径6厘米，厚0.8厘米

白玉。鸡骨白色，圆环形，绳纹。

玉神鸟　　汉代

高10厘米，长16厘米，宽8厘米

青玉。晶莹滋润，遍布灰色沁痕。圆雕伏鸟，尖喙食珠，长冠如角旋卷，背部高耸如峰，双翼细刻羽毛，尾部伏一独角神兽。

玉观音立像　　北朝－唐代

高19厘米，宽6厘米，厚4.5厘米

白玉。遍体褐色沁痕，圆雕。观音站在莲花座上，高冠，长圆脸，后有扁平圆形莲瓣背光，垂耳直鼻，沉思肃穆，披巾长袍，胸垂瓔珞，右手垂掌持巾，左手上扬，属玉碾观音精品。

玉马　　唐代

高15厘米，长1.6厘米，宽6.5厘米

青玉。晶莹滋润，局部有灰褐色沁痕。圆雕立马，马首左转，瞪眼张口，左前腿弯肢曲蹄，长鬃短尾，背负鞍具。

玉人俑（一对）　　唐代

高12厘米，宽2.6厘米

白玉。晶莹滋润，皆有云雾状褐、黑两色沁痕。圆雕女立俑，两件造型相同，双鬟高髻，圆脸丰满，眉目清秀，拱手侍立，右衽长袍，造型优美。

玉扁方壶　　清代

高20厘米，宽18厘米，厚7厘米

白玉。晶莹滋润，局部微有褐色沁痕。呈扁方形，有盖。阴刻云纹饰带，体直口，弧肩、深腹、高圈足。一侧有嘴，另一侧附龙形把手，腹部正背面分别为浮雕尖嘴双角龙首和双耳兽头的长体龙纹，圈足琢蕉叶纹。

【王易超】

2003年毕业于贵州大学环境科学专业。男，1981年出生，籍贯贵阳。

曾从事记者、广告策划等职业。家居云南昆明，现任全国工商联古玩业商会中国古玉器研究会名誉副会长、中国古玉器研究会云南省中心主任。

兽面纹异形玉琮　　良渚文化

长15.5厘米，宽7.3厘米，高4.7厘米，孔径3.6—6.2厘米

通体紫红色沁，局部钙化。光泽感好，开窗处为青灰色，并夹杂有黑色沁斑与云母状闪片。整体呈椭圆形，单层，上下对穿与器形同心椭圆形大孔，内壁光滑，可见对穿痕。玉琮上边缘有明显线切割错位痕。玉琮四周对称雕刻四个兽面神徽，皆以减地浅浮雕和阴刻细线纹琢刻而成，线条流畅精细。

兽面纹玉璜　　良渚文化

高8.5厘米，宽20厘米，厚1.3厘米

鸡骨白化，黄色土沁，并有红色和黑色沁斑。光泽感好，开窗处见白色玉质。半璧形，正面略为弧面，背面平整。上端有两个对钻小圆孔，正面正中为兽面纹神徽，两角为简化鸟纹，均用减地浅浮雕加细阴刻线琢刻而成，刀法细腻，阴刻线纹细如发丝。

玉琮　　良渚文化

高11.2厘米，直径上端5.1厘米，下端4.6厘米

通体呈黄色。局部有红褐色及黑色沁斑，色泽迷人。长方柱形，外方内圆，上大下小，中心对穿圆孔，孔壁对接处有明显台痕。器表分为五节，每节以四角为中心，琢刻四组简化神人兽面纹。

玛瑙龟　　夏代－商代

长17.5厘米，宽14.5厘米，厚4.5厘米

棕红色玛瑙。质地匀净、细腻、温润，局部老化开裂。圆雕，爬行状，龟颈部前伸，头部为纺锤形。以阴刻线琢刻鼻、唇，双目隆起，并以原材料之玉皮巧色雕琢眼部。瞳为灰黑色，四周一圈黄色，使该龟双目炯炯有神，灵气十足。龟甲四周平面打洼，中部隆起，前高后低。四足前伸，足分四利爪，短尖尾。腹部平整，于腹与颈交界处有一对穿横向孔洞，以便佩挂。

雌雄玉虎佩　　商代

（雌）高3.9厘米，长8.6厘米，厚1.8厘米；（雄）高4.1厘米，长9.1厘米，厚2.1厘米

青白玉。局部有钙化斑及茶褐色、橘黄色沁斑。圆雕，雄虎体型略大于雌虎，二虎皆呈卧伏状，头低垂，口向下，丰肩，突额。以减地凸雕阳线纹饰“臣”字形大圆眼及周身纹饰，线切割锯齿状阔口，背耳，尾上卷。侧面近耳处皆有马蹄形孔。

玉神人像　　商代

高12.3厘米，宽4.5厘米，厚3.5厘米

通体呈黄色。局部有风化痕及蚀孔，玉光温润。圆雕，站立式，面容诡异。面部呈长方形，眉阔上竖，大眼上挑鼓出，鹰钩鼻，颧骨高耸，大耳阔口，唇角上扬，作微笑状。双手置于腹前，身穿长袍，下摆呈燕尾形，双足露出袍外。

玉鳖　　西周

长14.5厘米，宽12.2厘米，厚6.1厘米

白玉。玉质洁白细腻，黄褐色沁。圆雕，玉鳖头部前伸，以减地凸雕和阴刻线饰眼、鼻、眉、唇。双目圆睁，仰头望天，四肢及足饰以阴刻线纹。背甲为椭圆形，前宽后窄，中部有明显脊棱。背甲上部以双阴线雕一对侧身立耳、卷尾背对立龙，下部雕侧身立冠、扬翅、卷尾凤鸟一对。此玉鳖雕琢刻画形象生动，纹饰繁复华丽，沁色自然。

玉戈　　东周

高23.5厘米，宽11.1厘米，厚0.9厘米

白玉。通体受铜锈沁，玉质略显青绿色，局部有黑褐色沁及白色雾状沁。器形仿青铜戈造型，援、内、胡、穿皆与青铜戈相同，穿为一马蹄形圆孔。器身一面以红铜错龙凤合体纹，另一面以红铜错五字铭文："祀日小月甲"。

玉舞人瑞兽环　　西汉

直径10.8厘米，孔径7厘米，厚1.4厘米

白玉。玉质温润，局部受紫黑色沁。扁平圆形，双面雕。一面高浮雕穿云螭、朱雀、天禄、舞人，动物刻画线条流畅，遒劲有力，形象生动。舞人束发，于左侧挽一发髻，左臂长袖横置于腰间，右臂长袖舞于头顶，长袖善舞，动感十足。另一面雕刻勾连云纹，精细规矩。

玉玄武驮朱雀　　西汉

长10.8厘米，宽8.2厘米，高13.9厘米

白玉。红棕色沁，抛光精细，圆雕。玄武为龟身兽首，头顶独角，立耳，圆目，宽眉上卷，张口露齿，舌上卷，长须，背甲饱满，呈半圆形，其上布满阴刻六角形龟背纹，四足抓地蹲立，颈直立。回首注目挺立于背甲之朱雀，睁目，立耳，头羽于脑后上翘，丰羽立翅，垂尾利爪。

琉璃跪坐吹乐俑

西汉

高16.5厘米，底长9.3厘米，宽5.3厘米

深蓝紫色琉璃。手工雕刻，经抛光，底部有轻微土锈，通体透明，有零星不规则细小气泡。圆雕，妇人形象，着交领长裙，腰系带，腰带上琢刻以三条阴刻线为一组的三角纹。跪坐，身微向后倾，面部表情庄严肃穆。耳凸雕，以阴刻线刻画发丝，发丝工整从中线分开呈“人”字形半遮于额前而挽一螺旋形发髻于脑后。袖口宽大，以粗犷有力之刀法琢刻袖褶，双手置膝藏于袖中，持管状乐器于下唇角，口微张，做吹奏态。

（局部）

琉璃辟邪　　东汉－六朝

长23.3厘米，高11.5厘米，宽7.6厘米

绿色琉璃。手工雕刻，通体呈透明翠绿色，光泽温润，有细小不规则气泡及少量白色固态包裹体。圆雕，呈爬行状，右前与左后肢支撑身体，左前掌与右后掌微微悬空，以添动感。肩生双翼，短颈，张口露齿，宽眉上卷，头顶生独角，绞丝纹卷尾上扬，造型生动。

玉戏马俑（一对）　　唐代

长9.8厘米，宽3.8厘米，高10.5厘米

白玉。玉质缜密温润，局部受沁。此对玉马俑大小基本一致，圆雕。马造型膘肥体壮，线条流畅，皆配鞍。背骑戴头巾着交领衫青年骑士，马鬃整齐披落于马颈两侧，额前两缕马鬃绕过马耳飘向耳后。竖耳，扎尾，马尾上翘，立于长方形底板之上。其中一马低首，睁目，张口，骑士腰身挺立，两手于胸前作拉缰状。另一马昂首屹立，挺颈，张口叱鼻作嘶鸣状，骑士侧身于左，右手持缰绳于头侧，作戏马状，英气勃发。

玉达摩　　唐代

高26.5厘米，底宽8.5厘米，厚5.3厘米

白玉。通体棕红色沁，局部有钙化现象及风化蛀孔，开窗处见白玉质，抛光精细。整体圆雕，头部呈长椭圆形，大耳垂腮，杏眼，大鼻，阔唇，眉及美髯皆卷曲，具有浓厚异域风格。着宽袖露胸袈裟，双手相持藏袖中拱于胸前，赤足立于滚滚波涛之上。形象传神，线条流畅飘逸，富有动感。

【杜义德】

男，1968年生，兰州市人。现任全国工商联古玩业商会中国古玉器研究会名誉副会长、中国古玉器研究会甘肃省中心主任、甘肃省齐家古玉研究会（筹）会长等职。

多年来潜心研究中华古玉，对故乡齐家文化的研究颇有心得，其在传媒上发表的数十篇文章，对齐家文化的研究和传播起到了一定作用。

玉虎头刀　　齐家文化

长37厘米，刃部长21.6厘米

甘肃地方墨绿玉。刀两边琢一虎头张口卷云鼻，琢一孔为眼睛。下巴呈卷云状，身体为刀身，下琢磨成刃状。中上部琢一大孔，上身部呈弧状。全器受土沁，可见明显点团状沁斑。器形端庄，形制独特。

玉琮　　齐家文化

琮身高5.3厘米，宽6.2厘米，射高7.1厘米，射径6.6厘米，孔径5.4厘米

青玉。开孔准确、笔直，孔内可见明显螺旋痕。整器受沁，上射部边缘已钙化，下射部玉质完好。琮身有一面有大面积土褐色老土沁斑，其余三面可见土黄和白色沁斑分布琮身。此琮玉质纯正润泽，工艺粗犷、大气。

玉三璜合璧　　齐家文化

璧外径22.6厘米，孔径11.4厘米，厚0.5—0.7厘米

祁连白玉。单面琢孔。整器受沁较重，大面积褐色沁布满全器。三璜外边缘有黑色、淡绿色沁痕并稍有钙化。其中一璜另一面有一原始切割痕并且不加修饰。此三璜合璧比例合度，大气端庄、朴拙，包浆沁色自然。

玉铲　　齐家文化

高21.5厘米，上背部宽7.8厘米，下刃部10.7厘米，孔径1.7厘米

白玉。整器受沁较轻，只有上部受老黄土沁和白色土沁成条絮状布满全器。下刃有土咬（蚨孔），并稍有钙化。此玉铲器形规整、端庄、凝重、大气，包浆明显，沁色自然真实。

松石镶嵌玉璜　　齐家文化

长17厘米

墨玉。单面琢孔。璜呈弯月形，以减地手法镶嵌绿松石，留底构成兽面之轮廓上镶两圆绿松石为目，眼眶为璜之留底。山字形留底为嘴之外形，内镶不规则方形绿松石。四边留底为边框，孔为单面开孔，因长期佩带孔已磨损为斜孔。

玉琮　　齐家文化

琮高3.6厘米，宽7.2厘米，射高5厘米，射径7.3厘米，孔径6厘米

祁连白玉。整器受沁较重已成褐色。下射已半钙化，射口有残缺。上射也已半钙化。开孔准确，孔内有明显螺旋痕。琮身可见明显牛毛纹沁。此玉琮工艺刚劲有力，包浆厚实，沁色自然真实。

玉璧　　齐家文化

外径20.3厘米，孔径4.4厘米

甘肃地方玉。双面琢孔，孔内留有台阶痕，当为对钻时错位所致。此玉璧全器受土沁，沁色五彩斑斓，包浆厚实。

玉四孔刀　　齐家文化

长29.5厘米，宽 7.9—9.7厘米

白玉。全器布满淡土黄沁，刀身中部有几道瑕绺，白色点团状沁斑分布器身。此玉刀器形规整、开孔准确、沁色自然、包浆厚实。

玉马蹄形器　　齐家文化

高11厘米，厚0.3厘米，边缘厚0.15厘米

青白玉。器壁薄，筒形。下口端平齐，上口端稍大并斜切，呈马蹄形。外壁的长面上有略微向外的弧度，上部稍有残缺。外壁短面有一圆弧形裂痕，仔细观察并未断裂。底端各钻一孔，全器受沁呈鸡骨白并间有不规则浅褐色。内外打磨，抛光细腻，温润亮泽。

玉四璜合璧　　齐家文化

璧外径21厘米，孔径10.7厘米

青白玉。单面琢孔，琢孔准确合度。此璧受沁较轻，璜面稍有淡褐色沁斑并伴有团块状白化瑕绺。此四璜合璧并不是等份切割，而是斜角度切割为大小不一的璜。内外圆十分规整，器形大气豪放，包浆厚实，沁色自然。

玉琮　　齐家文化

琮身高8.5厘米，宽9.9厘米，射径10.6厘米，孔径7.3厘米

青玉。开孔准确、笔直，孔内经抛光不见螺旋痕。全器受沁，琮身布满白化上沁斑痕和斑团状沁斑。一射角有老土红沁，另一边稍有土蚀残痕。此琮端庄大气、粗犷、拙朴。

玉三璜合璧　　齐家文化

璧外径11.7厘米，孔径5.4厘米，厚度0.3—0.4厘米

白玉。此璧刚劲有力，琢孔准确，孔为单面琢。整器受沁较轻，其中一璜侧边有土褐色沁斑，其余两璜只有水波纹状的土褐色沁斑。璜面琢有文字，可清晰辨认出“山水”、“鸟鱼”字样，其余两字无法辨认。此璧包浆厚实，沁色真实自然，文字的琢工深浅错落不一致与璧面包浆浑然一体。

玉龙首璧　　齐家文化

高15.2厘米，宽13厘米，孔径4.9厘米，厚度0.4—0.6厘米

白玉。蜷缩状尾交于颌下，上琢一孔为目，眼下一孔琢卅为口，背部有一孔，孔两端有一横绺隙。龙下身部与龙尾部可见明显白色瑕绺斑，龙鼻部和额部稍有钙化。此龙首璧器形独特，形象生动传神，包浆明显，沁色自然。

玉双璜璧　　齐家文化

璧外径13.3厘米，孔径5.3厘米，厚度0.5—0.7厘米

祁连白玉。孔为单面琢孔，马蹄孔。整器受土沁较重，两璜一侧边已钙化，还可见明显的黑褐色水银沁斑。因受土沁，璧面可见大面积黄褐色沁痕，且已深入肌理而富于变化。此璧沁色自然，包浆厚实，工艺刚劲有力、粗犷。

玉三璜合璧　　齐家文化

璧外径17.6厘米，孔径7.7厘米，厚薄不一

青白玉。单面琢孔，孔内可见明显解玉砂琢磨之痕迹。一璜留有原始的切割痕，另两璜受明显的老黄土沁，沁斑深入肌理。此三璜合璧璜孔一端为两孔，另一端为一孔。此现象为齐家文化多璜合璧又一特征。此璧器形规整，沁色自然，包浆厚实。

玉璧　　齐家文化

外径18.8厘米，孔径5.1厘米

青白玉。孔为单面琢孔。外圆规整，全器受沁，上部钙化，下半璧受沁成土褐色并伴有瑕绺和牛毛纹沁，沁色浑然天成。

（局部）

玉兽面琮　　齐家文化

高15.8厘米，宽13.5厘米，射径9.5厘米，孔径6.7厘米

祁连青玉。对钻孔，孔内可见螺旋痕。兽面圆雕大眼、卷云眉、高鼻，鼻两侧琢一凹痕为鼻孔。整器受老黄土沁已钙化，只各别处有开窗还可看清玉质。

【徐玉芹】

女，江苏省淮安市人。现为全国工商联古玩业商会中国古玉器研究会理事、中国古玉器研究会江苏省中心主任。

自幼受父亲熏陶，酷爱收藏古玩玉器。平时亲朋好友中偶有古玉，即不惜重金商洽收购。长时间里，古玉成为其唯一的业余爱好。

2005年上半年，徐氏携自己的珍贵藏品去北京展览时，受到原故宫博物院院长、中国文物局局长吕济民先生的高度评价和肯定。她在收藏与学习期间，与南京博物院研究员汪遵国先生、故宫博物院研究员周南泉先生、中国古玉器研究会会长侯彦成先生均有过诚挚的交流。

徐玉芹认为，一件好的精品古玉器，它独特的自然属性——晶莹而温润，它无与伦比的艺术表现力——奇巧的琢雕，承载着悠久的历史文化底蕴。古玉绵延不衰的生命力似乎告诉人们，古玉作为中国文化的根，将世代繁衍下去，直到永远！

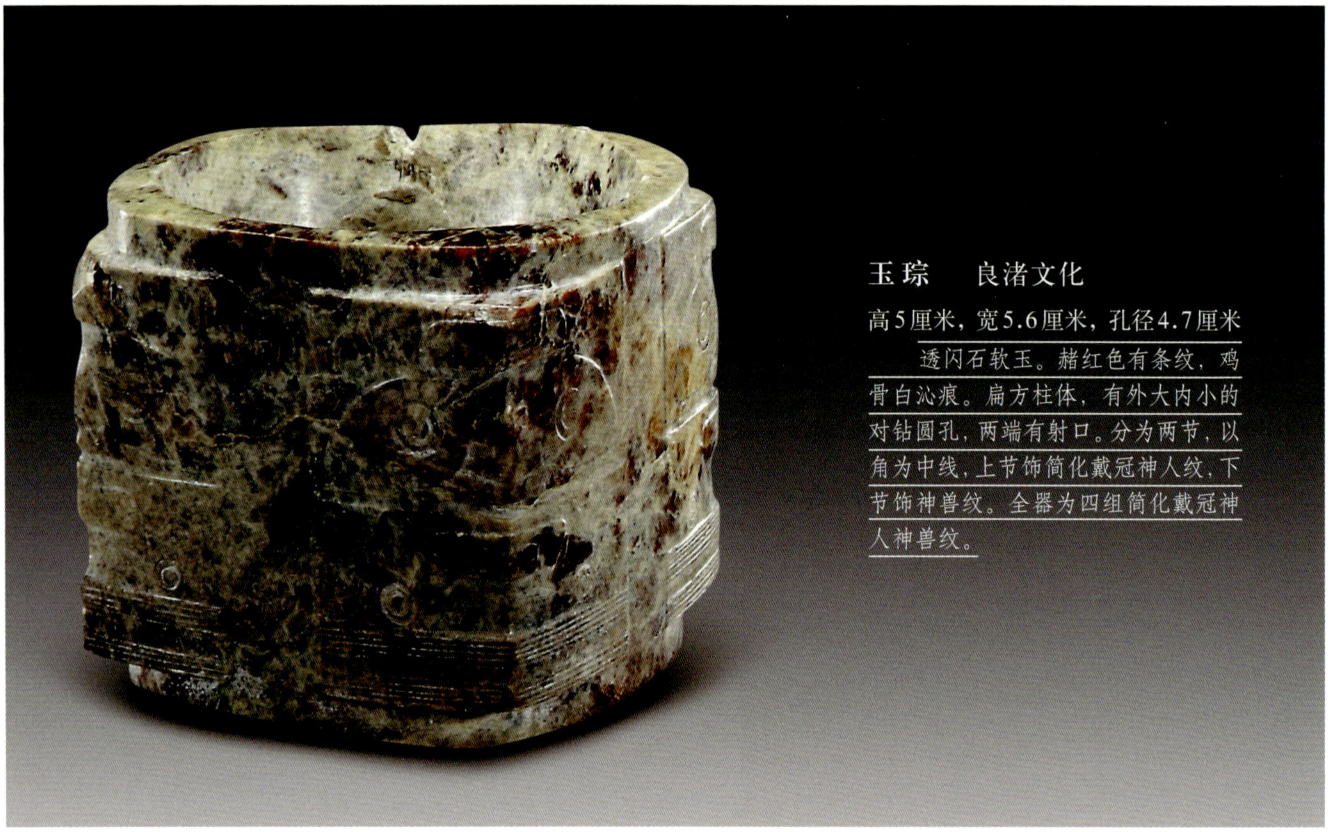

玉琮　良渚文化

高5厘米，宽5.6厘米，孔径4.7厘米

透闪石软玉。赭红色有条纹，鸡骨白沁痕。扁方柱体，有外大内小的对钻圆孔，两端有射口。分为两节，以角为中线，上节饰简化戴冠神人纹，下节饰神兽纹。全器为四组简化戴冠神人神兽纹。

玉人面枕　齐家文化

长25厘米，宽9厘米，高8厘米

玉呈黛黑色，晶莹滋润，表面有灰白色斑点。长方形体，两端翘起，中部凹弧，有并列三圆孔，中间径小，两边径大。两端各浮雕一人面，宽额圆眼，直鼻阔嘴。

玉璧　　齐家文化

直径24.7厘米，孔径7.2厘米，厚0.8—1.5厘米

玉呈棕红色，属透闪石软玉，晶莹滋润，有灰白色沁痕。扁平圆形，中有直钻圆孔，正背面璧面弧凸，减地碾琢凸波纹十六条，象征太阳光芒。

玉牙璋　　商代

长32.2厘米，宽7.2厘米，厚0.3厘米

白玉。晶莹滋润，遍布黄白色沁痕，有四处露出玉质本色。扁薄长方形，体长，方柄，柄下端两旁各有兽形栏和三对齿牙。单面钻圆孔，两侧边刃，顶端镂雕螳螂。

玉翁仲　　战国－汉代

高16厘米，宽3.2厘米，厚0.3厘米

青玉。晶莹滋润，遍布红褐色沁痕。圆雕立人，高冠长脸，右衽长袍，双手合袖拱立。减地浮雕，衣褶阴刻卷云纹，琢工精细。

玉璜（一对）　　汉代

高8.5厘米，宽20厘米，厚0.6厘米

白玉。晶莹滋润，表面微有褐色沁痕。扁平半圆形，正背两面两端为虎头，中部遍饰谷纹，下端为镂空简化龙纹。两件系同一块玉剖割碾磨而成。

玉耳杯　　汉代

高4.2厘米，口径7.6厘米、11.6厘米，底径3.7厘米、6.6厘米

白玉。晶莹滋润半透明，微有铁锈沁痕。椭圆口，弧腹矮圈足，口部两侧有月牙形扁耳，腹壁上、下有云纹饰带，中部浮雕谷纹，两端各有一兽头，两耳底部有连续的钻孔圈纹。

玉碗　　汉代

口径11厘米，底径4.7厘米，高4厘米

白玉。晶莹滋润半透明，微有几处黄褐色沁痕。敞口，斜腹，矮圈足，腹壁饰方体云纹带、勾连卷云纹和柿蒂纹四组八瓣，胎薄仅0.2厘米，通体抛光细腻。

玉人　　汉代

高24.8厘米，宽7.1厘米，厚3.5厘米

青玉。晶莹滋润半透明，有红褐色沁痕。圆雕，立人像。高冠，长脸，梭状眼，大耳，耳垂有一圆形钻孔，孔底有旋痕。垂手长袍，正面雕琢阴线相背凤纹、龙纹，背面为相背凤纹，余饰各式卷云纹。

白玉双人骆驼　唐代

高17厘米，长27厘米，宽7厘米

白玉。晶莹滋润，有大片分布自然、匀称的红褐色、黑色沁痕。圆雕骆驼，伸首匍行，竖耳双峰，其前各坐一胡人。前者戴尖帽前视，双手执缰绳，后者露发，双手抱驼峰，造型自然逼真，雕工雄劲圆浑。

玉飞天　唐代

高10.5厘米，长16.5厘米，宽3.2厘米

白玉。晶莹滋润半透明，有黄褐色沁痕。圆雕飞天，圆脸舞身，头带软帽，屈腰露足，着长裙。右手绕宽长飘带，身下浮云宛如兽形，是唐代典型风格。

玉胡人双牛　　唐代

高12厘米，长21.6厘米，宽5.8厘米

白玉。晶莹滋润，有红褐沁痕。圆雕，一对黄牛接踵奔走，前为子牛，后为母牛，各骑一尖帽胡人，双手持萧吹奏。

玉卧佛　　唐代

长23.2厘米，宽5.4厘米，高9.2厘米

碧玉。晶莹滋润，局部有云雾状灰褐色沁痕。圆雕，如来佛右侧身卧于帐座上，右手托头，左手伸直。螺发，圆脸，袒肩，露胸，身着大袍，衣褶为减地曲线，自然雄劲，为唐代典型风格。

（局部）

玉胡人吹笛带板

唐代－五代

共18块，每块长6厘米，宽4.4厘米，厚0.4厘米

青玉。晶莹滋润，有自然形成、多少不一的沁痕。扁平长方形，正面浮雕胡人吹笛，做工细腻，表面光亮。

玉人　明代

高8.7厘米，宽4.2厘米，厚2厘米

青玉。晶莹滋润，头脚部位有黄褐色沁痕。圆雕站人，巾帽，长方胖脸，弯眉直鼻，细月小嘴，垂耳，络腮胡子。双手长袖，左手上甩，右手下甩，双足起舞，着双勾鞋，脚踏祥云。

玉春水圆雕（一对）　金代

长16厘米，宽9厘米，厚4.5厘米

黄玉。晶莹滋润半透明，有褐色铁锈沁痕。圆雕，造型为海东青啄天鹅。天鹅口衔水草，海东青正欲啄食天鹅眼睛，天鹅拼命挣扎，形态栩栩如生。通体细刻羽毛，工整匀称。

【赵承凤】

男，山东淄博人，研究生学历。1944年出生，1961年入伍，先后在济南军区后勤部、某集团军、山东省军区工作。历任战士，班长，干事，团政治处主任、政治委员，师政治部主任、政治委员，军区后勤部政治部主任，集团军政治部主任、政治委员，山东省委常委、省军区政治委员等职务，少将军衔，中国共产党十五大代表。现任中国孙子兵法研究会高级顾问，山东孙子研究会执行会长，齐鲁兵学文化研究中心主任，全国工商联古玩业商会中国古玉器研究会顾问。

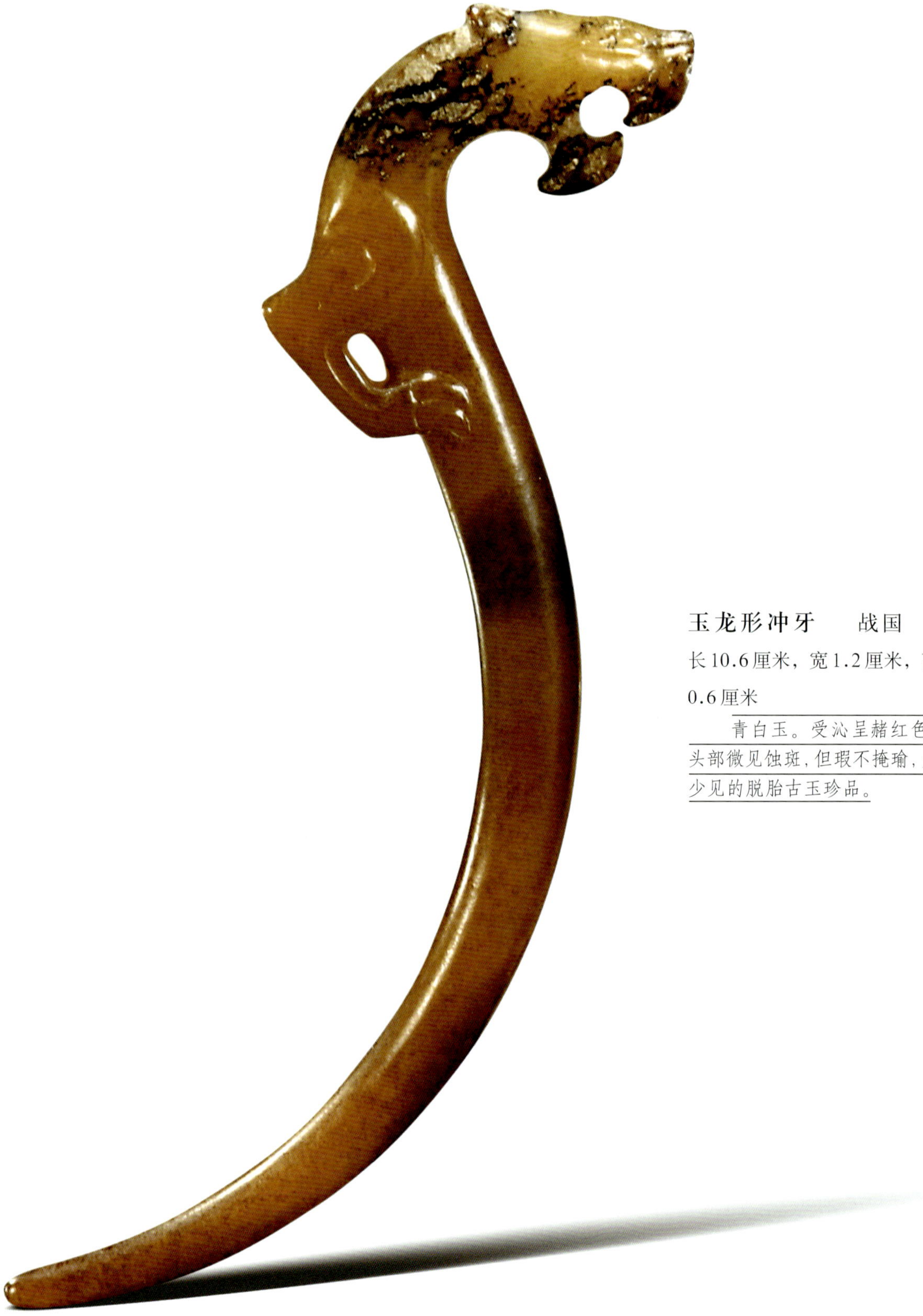

玉龙形冲牙　　战国

长10.6厘米，宽1.2厘米，高0.6厘米

青白玉。受沁呈赭红色，头部微见蚀斑，但瑕不掩瑜，为少见的脱胎古玉珍品。

玉龙纹瑗　　战国

直径13厘米，厚0.6厘米

青玉。沁色深重而美观，纹饰以变形后的长鼻龙与卷云纹凸雕而成，有较高的观赏价值。

玉璧　　宋代

直径5厘米，厚1.6厘米

白玉。图案仿汉代却又有独特的宋代风格，沁色美观，是很好的把玩件。

玉璧　　宋代

直径5.5厘米，厚1.2厘米

青玉。宋代制作的璧形佩一般较厚，纹饰多取材于战国和汉代而又别具当代圆腻的特点。

玉羽觞　　辽代·宋代

长11.8厘米，宽8.8厘米，高3.3厘米

白玉。受沁难辨其色，纹饰常见于宋代。羽觞俗称耳杯，流行于战国至南北朝，多为漆器，玉质则为赏玩件。

玉鸭形器　　辽代 · 宋代

长20厘米，宽6.8厘米，高12厘米

青玉。鸭身肥硕，背上部以一小鸭作盖，母鸭回首，生顾盼之情。

拼合形圆饰件　　宋代·金代

直径31厘米,厚0.4厘米

青白玉。饰件由中部圆和周边十二件形状一致的梯形组合而成,能分能合。由于采用双层透雕来表现形态各异的飞天美人,设计和制作都非常不易,诚为一件不可多得的艺术精品。

玉持荷童子　　宋代－元代

长6.5厘米，宽3.5厘米，高7.2厘米

青白玉。玉质较好，造型生动传神。童子持荷戏鸭，一派喜庆气象。

鹅形玉盂　　明代

长12厘米，宽6厘米，高2.6厘米

青白玉。玉质精良，做工考究，刀法细腻，属高级观赏品。

玉鸟　清代

长11.8厘米，宽5.6厘米，高8.6厘米

青玉。羽翼装饰十分细腻，符合晚清和当代人的审美。

【吕梅】

中学高级教师。

女，1957年出生，大学文化，

中文专业的影响使自己对中国古代文化艺术产生了不同寻常的喜爱，尤其对传承近万年的古玉文化情有独钟。2006年参加中国社会劳动保障部组织的艺术品鉴定师培训班，获得中级鉴定师证书。现为全国工商联古玩业商会中国古玉器研究会名誉副会长，中国古玉器研究会安徽省中心主任。

玉人（一对）　　齐家文化

男玉人高8.9厘米，女玉人高8.1厘米

昆仑山东部玉种，系齐家文化常用玉材。圆雕玉人制作精细，男性有耳穿，身份地位略高。

玉人　战国

高7.8厘米

青黄玉。仅见局部褐色小沁斑。贵夫人正面站立，衣着华贵，头顶高冠，十分庄重。

勾云纹玉佩(八件)

战国

佩尺寸不等

沁蚀深重，玉质很难鉴别，但蚀而不烂，敲击微闻钢音，应为青玉。有小玉璧、玉瑗、玉璜及S形玉龙等八件，然此八件并非为原始同组佩。

(局部)

共体双龙纹出廓璧　　战国

通高19.1厘米，直径11厘米

青白玉。受沁整体略呈青黄色，局部见黑、褐色沁斑，微见老残系长时间受蚀所致。玉璧由对称的两个出廓半璧相合而成。夔一足，美化为卷叶纹；上唇上扬，美化为抽象幼龙的形象。相向的两条夔龙身躯交错，身上的鳞纹由变形卷云纹进一步变化组合，极富美感。

双凤出廓谷纹玉璜　　西汉

长23.8厘米，通高11.2厘米

白玉。下部多见灰黑斑块，整体灰皮较厚。璜身主体谷纹，出廓部分为透雕凤纹。

凤鸟纹玉镜　　西汉

直径30.1厘米

白玉。镜面基本平直，与一般弧形面青铜镜有别。背面为装饰主体，可分四区，区与区之间用细绳纹相隔。中心为饼形钮、象鼻穿，钮下柿蒂纹。第二区为简化凤纹，第三区由变形云纹抽象为几何纹样，第四区为鸳鸯纹。玉质长期受沁，多见牛毛、橘皮等纹路。

鸡心佩　　汉代

高8.5厘米，宽4.7厘米

白玉。受沁多见褐色及土红斑。器身由主体飞鸿与凤头、螭尾等组合而成，变化神气，极富动感。

玉舞人　　汉代

高10.6厘米

青白玉。微透玻璃光。大摆动曲状舞人系典型的伶人形象，相类于今天的专业舞蹈演员。舞人大鼻，头顶发髻聚束，与常见者小别，身饰阴线流云纹。

透雕夔龙纹玉环　　汉代

通高7.5厘米

青白玉。透雕的夔龙玉环世不多见，艺匠突出表现了龙的头部且极尽夸张。身呈细长曲棍形，至尾部内卷，龙口大张，上下齿咬住龙尾，生动自然。玉环仅下部受沁，有色相相通的钙化白斑。

钺形佩　　汉代

高7.6厘米

青玉。受沁呈斑驳杂色。玉钺一边微内收，援部雕一虎形立兽，中上部有一双面钻成的孔，供系绳用。

胡人戏驼玉摆件　唐代

长7.2厘米，高5厘米，厚3.5厘米

白玉。局部受沁成棕红色。驼为双峰幼驼，戏驼者与汉唐伶人相类，着半长袖衣，抚摸下蹲状幼驼，形象生动。

玉圆雕双羊　宋代

长12.5厘米，高6.5厘米，宽3.2厘米

白玉。玉质晶莹温润，状同凝脂。以圆雕、镂空、剔地阳文手法饰两只尾部相连、身体相背的羊。艺术表现为写实手法，两羊相互顾盼，似母子相望，极为生动。两羊共立于长方形随行底托上，风格与五代或宋初相合。

透雕八仙图玉牌　　明代

高10.5厘米，宽5.9厘米，厚0.6厘米

青白玉。双层透雕，外饰框状花边，是典型的明代制品。八仙形象栩栩如生，器形完美，非常难得。

【钟林元】

男，1949年生于陕西汉中，
工艺美术师、中国书法家协会会员。
现为中国书画研究院副院长，
全国工商联古玩业商会
中国古玉器研究会副秘书长。

有三十五年收藏经历，对汉魏碑刻拓片、古籍善本、古铜镜、古今名人字画均有一定数量收藏。

近二十年，逐渐移情古玉器鉴藏，对西周、战国及两汉古玉的收藏和研究尤为精彩。鉴于钟林元深厚的书法、篆刻功底，他收藏的古玉气韵独特、造型古拙、线条优美、意境幽深。喜欢触类旁通，使其对中国玉文化的理解，多了一层含蓄。古玉之美、古玉之德、古玉之滋润，深深植根其心，古玉使其痴迷，至今热度有增无减。

双人首夔龙佩（一对）　西周

高19厘米，宽3.6厘米

白玉。局部有少量红、褐色沁。佩面有上部两个突出的神人头形和下面三个抽象夔龙纹组合，最下是宽大的尾。这是西周晚期人龙复合型玉佩的祖形。

回弦纹双耳玉罐　西周

高15.6厘米，宽13.2厘米，厚9.2厘米

灰白色玉质受沁后呈不同形状的淡褐色斑块，灯下透照尤为明显，表面挂上一层如絮如糊状的灰皮，使器物更显沧桑古老。玉罐大大的双耳承继着西北早期陶罐的气象，口沿1.5厘米以下通体用双面斜下形成的回弦纹构成，工艺十分讲究。

双凤纹出廓璧　　春秋

宽17.3厘米

白玉。受沁后大面积呈土黄和老土大红色相。构思别致，工艺精巧，有强烈的西周遗风。

龙凤纹玉羽觞　　战国

高4.5厘米，口径9.7—13厘米

白玉。沁痕深重，包浆特厚，在灯光下能鉴别出玉质。器身饰变形凤纹和夔龙纹，造型典雅规整。

玉人（一对）　战国

白玉人高12.8厘米，青玉人高12.5厘米

青白玉质。二人形象相同。玉人头顶圆盘状高冠，两肩高耸与耳饰相连，下穿方格状花裙。服饰华贵，姿态端庄，俨然一副贵族气派。

神面高浮雕四灵纹圭穿璧　西汉

高29.2厘米，宽12.2厘米，厚2.3厘米

白玉。双面精工琢制。圭的纹饰是上下两个略有区别的神面，且正背面同中有异。圭中部是集透雕浮雕为一体的大孔璧，孔内透雕夔龙；璧正面高浮雕龙、凤、虎、龟四灵，工艺十分讲究；璧背面为浅浮雕龙、凤、螭等动物，上下有中凹形的双阑边。

玉龙凤纹插屏

西汉

高28.6厘米，宽21.6厘米，厚7.4厘米

青白玉。插屏由屏面和两个插座组合而成，可自由安装卸下。屏面主体圆璧直径20.4厘米，浅浮雕云螭纹和谷纹；上下分别透雕回首龙和相背状双凤。左右两块插座纹饰相同，透雕两两相对的龙纹。

龙凤纹出廓璜　西汉

长30.3厘米，宽9厘米

青白玉。有深浅不同的黑、红、黄多色沁点蚀斑，皆深入肌里。璜身由典型的并体龙和廓外双凤拱璧纹构成。

玉兽面纹白玉匜　　西汉

长16厘米

白玉。上部偏前可见深入玉肌淡绿色铜沁。图饰简洁，器壁薄而工整，属高级别观赏品。

玉螭纹剑饰（一套）　西汉

5.1—10.9厘米不等

白玉。一面统一为高浮雕云螭纹，另一面通而不同，显示出和谐之美。

螭凤勾云纹出廓璧

西汉

高17.5厘米，宽13.8厘米，厚2.2厘米

黄玉。晶莹滋润，细腻宜人。集多种雕法于一身。玉璧一面高浮雕三只穿云螭龙，另一面饰勾连云纹，孔内及璧外上方透雕挺胸昂首的凤，气象十分尊贵。

玉螭凤纹出廓瑗

西汉

通宽20厘米

青玉。玉质精良，体形硕大，沁色自然，工艺考究。瑗的好部是一张扬的螭，肉部为谷纹，廓外为对称的凤纹。

卷云纹双龙出廓璧　　西汉

高16.1厘米，璧径9.5厘米，厚0.5厘米

青白玉。璧面由外区变形长鼻龙头纹和内区卷云纹构成，上部出廓处为相背紧连在一起的夔龙纹透雕而成。

玉螭凤纹出廓璧　　汉代

高22.3厘米

白玉。璧的肉部雕排列有序的卷云纹，好部以一张扬的螭形为主，廓外透雕并体双凤，凤身上部雕相向回首的一对小螭。

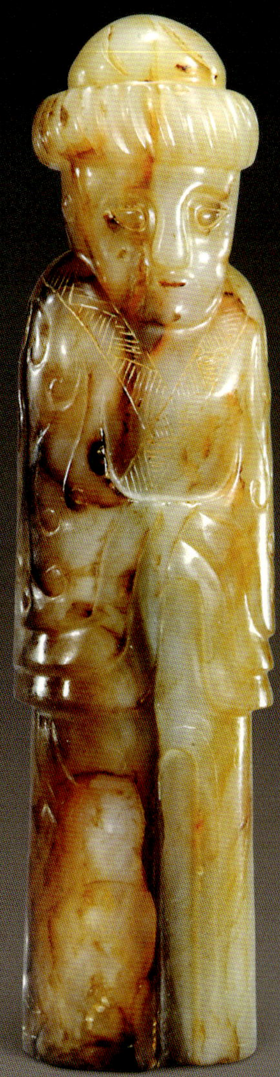

玉人　　西汉

高14.7厘米

白玉。立式圆棒状，冬装贵族形象。上身外套三重短锦衣狐裘，内穿上衣与下裳连在一起的右衽深衣，腰束宽带，头部先用巾帻包头，以固定发式，再在额前加一帽圈，着衣与西汉相通。

螭纹双凤出廓璧　　西汉

高12.7厘米，璧径8.9厘米，厚0.4厘米

青白玉。透雕螭龙和廓外相背屈曲状双凤纹，皆十分生动传神；璧肉部系精工琢制的涡纹，由细阴线规律性勾连在一起，工艺十分繁复。璧面沁痕深入肌理并偶见蛀孔，系开门见山之西汉玉件。

玉兽首衔瑗铺首　　西汉

高17.5厘米，宽11厘米，厚3.3厘米

白玉。温润晶莹，工精艺绝，仅见少量已入肌里的土黄沁。整器饰浅浮雕四灵纹和活环下衔的谷纹玉瑗，在同类铺首中比较突出。

（局部）

夔螭纹出廓玉璧　　汉代

高15.5厘米

白玉。玉好工精，受沁不严重。廓外上部精心透雕屈曲跃动的一夔一螭共抢一环的形象，下部雕两条小螭，上下既有对比又有呼应，十分生动。

【王晓辉】

男，1963年生于石家庄。1989年毕业于中国美术学院国画系，1993年结业于中国美术学院中国人物画创作研修班，1997年获中国美术学院硕士学位。现为中国美术家协会会员，执教于首都师范大学美术学院。兼任全国工商联古玩业商会中国古玉器研究会常务理事。

是我国中青年画家中的佼佼者。他收藏的中华古玉与其画风相似：优美中流淌古拙；大气中张扬智慧。作为中国画界古玉收藏圈的召集人，王晓辉正在为中国玉文化辛勤耕耘着。

玉七孔刀　　齐家文化

长86.5厘米，宽13.6厘米，厚0.7厘米

青玉。玉质青中带黑，沁蚀自然，器形硕大，显示出身份地位的尊贵。大玉刀左、右和中上部阴刻三个不易辨识的符号。

玉琮　　齐家文化

高4.5厘米，宽5.5厘米，内径4厘米

青玉。玉料灰白色偏青，多见黑褐色斑纹，局部受蚀成鸡骨白。

玉琮　　齐家文化

高38.8厘米，外径9.5厘米，内径7.5厘米

青玉。玉料呈典型的甘肃、青海交界处齐家文化时期常见的青灰色，沁色和灰皮都比较深重，器形硕大，比较少见。

狩猎纹大玉璧　　齐家文化

直径51厘米，正面孔径9厘米，背面孔径6.5厘米，厚1.8—2厘米

青玉。大玉璧饰阳文驯畜图，是先民由渔猎生活向农牧生活过渡的具体象征。器体硕大，做工不易，十分珍贵。

（局部）

玉琮　齐家文化

高5.5厘米，宽6.5厘米，内径5.5厘米

青玉。这类扁矮的齐家文化玉琮一般用料都比较好，沁色也很美，尤以褐、赭诸色为常见。

玉弦纹琮　　商代

高11.2厘米，外径10.1厘米，内径7.5厘米

青玉。西北地区夏商时代多见此类繁密弦纹的玉摆件，欣赏价值很高。此玉琮呈筒状，与常见内圆外方者不同，其功能明显不用于祭祀。

玉牙璋　　商代

长55厘米，宽12厘米，厚0.6厘米

青玉。受沁后呈灰白色，附着物比较厚重。牙璋尖端透雕立鸟，栏部扉齿结构复杂，是典型的商早期做工。

玉璇玑　　商代

最宽13厘米，内径4.2厘米

青玉。沁色丰富，质地难辨。璇玑肉部有三组带扉棱的离心式齿牙，近边缘地区磨制较薄。

青玉龙形佩　　战国

长10.7厘米，高4.5厘米，厚0.5厘米

青玉。整体作典型的S形，绞丝纹过渡比较平缓，受红色及灰白色沁，造型十分生动。

玉立鸟　　汉代

通高6.3厘米，宽5厘米

青玉。玉鸟呈振翅欲飞状，长大的利爪紧扣在下部弧起的平面上；长而宽厚的琢部与肥大的双羽相映成趣，向下的尾部略作上扬，玉鸟下的弧面体相呼应以增加动感，显示出艺匠对生活观察的细致入微。

玉琮　汉代

高2.5厘米，宽4.2厘米，内径2.7厘米

青玉。受沁深处呈棕红色，灰皮较重。玉琮四面每面略具长方形，有宽边；边框内饰谷纹。玉琮射部较浅矮。

玉熊　汉代

高8.5厘米，宽7厘米

青白玉。这一时期的玉熊造型变化多端，用料也以和田玉为主，属观赏或把玩之高级艺术品。这件玉熊有羽翅，露双乳，手持灵芝，呈踞坐之势。

鸟纹青玉镜　　西汉

直径12.8厘米，镜面厚0.3厘米

玉镜镜钮呈半圆体，有穿，与同期青铜镜相合。镜本实用器，玉制品则显系赏玩件，且十分珍贵罕有，一般用玉也选择甚严。镜面纹饰以简御繁，简单明了的卷云纹和细密网状纹衬托下的三只鸟形无疑是该器的主体，与当时盛行的修道成仙思潮一脉相承。

玉兽面纹璧　汉代

外径17厘米，内径5.4厘米，厚0.5厘米

青玉。受红、褐诸沁，白色灰皮甚重。主体纹饰分两区，里区谷纹，外区三组兽面纹，是汉代常用的图案。

玉猪握　东汉

长9.5厘米，宽2.2厘米，高2.5厘米

青白玉。受沁部位已现鸡骨白色。玉猪伏卧呈流线型，形象刻画十分传神，身饰隆起的云纹，工艺比较考究。

（局部）

玉鸭（一对）　东汉

一件长9厘米，高6厘米；另一件长8.5厘米，高6.2厘米

白玉。玉鸭通体受沁，肉红色的沁斑浅处可以看见和田白玉的质感，造型生动传神。

玉鹤形烛台　　唐代

高14.7厘米，宽4.3厘米

白玉。玉质细腻，受不同深浅的红色沁斑。一烛台尖部微残。以立鹤的优美体态为器身，足见其构思之精巧。

【黄小庭】

现任房地产公司总经理。女，生于上海。

自幼受家学影响酷爱中国传统文化，尤以古玉为最，把玩收藏其乐无穷。现为全国工商联古玩业商会中国古玉器研究会理事，江苏省中心副主任。

玉立人（一对）　西周

高12厘米，宽1.4厘米，厚0.8厘米

白玉。晶莹滋润，局部受沁成灰白色。圆雕立人，长脸高髻，垂手前扶，双腿并拢，脚端成楔形，背面颈部有一对隧孔，同样造型在甘肃屡出（见《中国出土玉器全集·甘肃青海宁夏卷》）。

玉璜　春秋

横宽11厘米，厚0.5厘米

白玉。晶莹滋润，通体有自然的褐色灰色沁痕。扁薄弧形，虎头卷尾，正反通体饰斜刀云纹和细刻线纹四处，头尾有圆孔，可供系佩用。

玉镯　战国

外径7.8厘米，宽1.6厘米，厚0.6厘米

青玉。晶莹滋润，局部有黑褐色沁。外壁满饰排列有序的勾连云纹，内壁光素无纹。

玉环　战国

直径6.7厘米，孔径3.4厘米，厚0.6厘米

白玉。晶莹滋润，有灰黄色沁痕。扁平圆环形，边侧及孔侧皆平直光滑。环内外缘凸起，器正背面雕琢勾连云纹，并有相对两组变形龙纹。纹饰繁缛，做工精致。

玉S龙　战国

横宽10.8厘米，厚0.6厘米

黄玉。晶莹滋润，局部有灰褐色沁痕。扁平S龙，龙头有角(或发)回首，尾部内卷，龙体有廓。正反面通体浅浮雕卷云纹，中间弧凸处有一圆孔，系组佩饰件之一。

玉跪人　战国－汉代

高5.8厘米，宽3.1厘米，厚3.7厘米

白玉。晶莹滋润，遍布褐色沁痕。圆雕玉跪人，大头圆脸，弯眉杏眼，直鼻小嘴。两侧有卷云耳，带帽，双手扶膝，两臂略内弯。着衣，上遍饰卷云纹。底部双腿间有一对隧孔用于佩带或插嵌。

玉璧　　汉代

直径7.1厘米，厚0.5厘米

白玉。晶莹滋润，有红褐及灰褐色沁痕。扁平圆形，厚薄均匀，相当规整。中有圆孔，正背两面纹饰相同。璧面中部用双钩线碾刻一周形成内廓，廓内饰绞丝纹一周，并将玉璧分为内外两区。内区遍饰连体卷云纹，外区浮雕四组人纹。弯眉，双圈圆眼，蒜形高鼻，阔嘴排齿，纹饰罕见。

玉剑饰（一套） 汉代

白玉。晶莹滋润，微有灰褐色沁痕。由剑首、剑格、剑璏、剑珌四件玉饰组成，取自同一块玉料，主体纹饰皆高浮雕螭虎纹，镶嵌于带鞘铁剑的不同部位。

剑首

直径5厘米，厚2厘米

器作扁圆形，正面的中央有凸圆形饰，上饰四组卷云纹，外周浮雕一螭虎，在云中嬉戏。玉剑首嵌缀于剑把的首端。

剑格

宽5.6厘米，宽4.8厘米，厚2厘米

器圆雕和高浮雕，形如一箭头，中心长方形穿孔以纳剑把。两面的饰纹不同，正面高浮雕螭纹，背面单阴线饰兽面纹。

剑璏

长11.5厘米，宽2.8厘米，厚2.2厘米

器侧呈两端下卷的桥形，下部一侧有一长方形隧孔，正面俯视呈长方形，正面高浮雕一穿云之螭虎，其身时隐时现。此器结扎在剑鞘上，以供佩剑时系于腰带上。

剑珌

高4.4厘米，宽6.5厘米，厚2.5厘米

器略扁，中部略厚，两侧渐薄，横断面呈橄榄形，通体呈两腰略收的梯形。器两面形式相同，纹饰有别，正面高浮雕一云中穿行之螭虎，背面以单阴线饰兽面纹。器窄端中心有穿而不透的圆孔，圆孔两侧各有一与中心孔斜透相通的隧孔，以供与剑鞘结扎固定用。该器嵌在剑鞘末端，以保护剑鞘不被损坏，更有装饰和体现富贵华美之用。

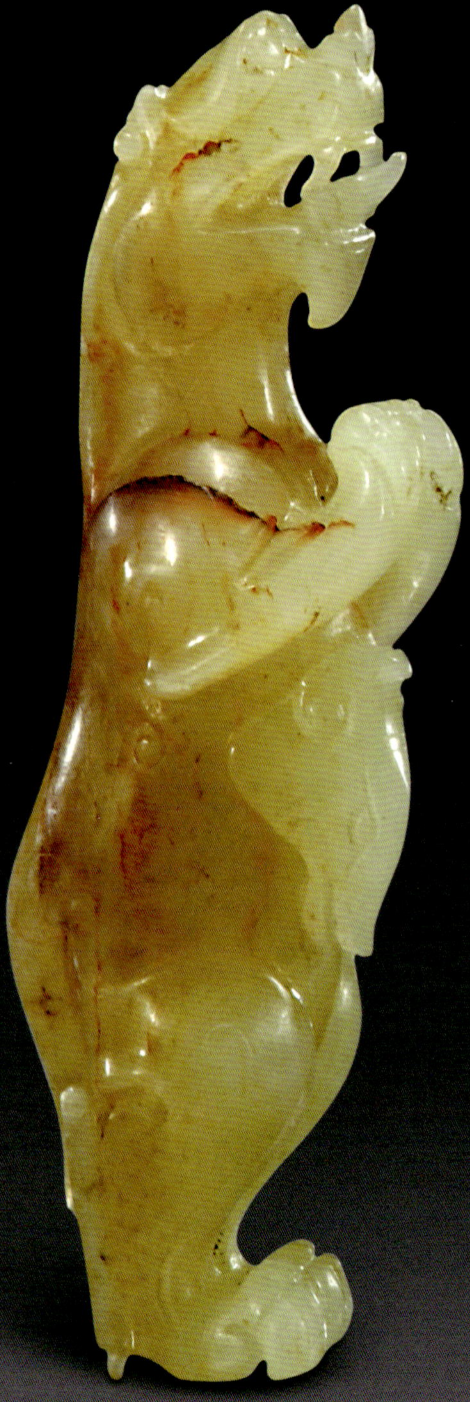

玉辟邪　　汉代

高10厘米，宽2.4厘米，深3.2厘米

白玉。晶莹滋润，微有红色和灰白色沁痕。圆雕神兽，宽额，鼓眼、高鼻，张口、露齿、吐舌，头上有粗细不一、长短不等的双角。四爪足，卷尾，前腿上举，后腿直立，腹部有尖嘴独角兽头。造型独特，做工精细。

玉凤　　汉代

长7.4厘米，宽4厘米，高2.5厘米

白玉。晶莹滋润，遍布灰白色沁痕。圆雕伏鸟，鼓眼尖喙，蜷颈而卧，阴刻线纹，造型生动。

玉凤　　汉代

宽8.8厘米，高4.8厘米，厚0.8厘米

白玉。晶莹滋润，有灰褐色沁痕。扁平片状，两面形式与纹饰相同，镂雕凤纹。凤的喙部上下张开作钩状，鼓眼，头后有一长冠后飘，爪足，宽粗尾且尾内卷。

玉衔环铺首　　汉代

通高14.5厘米，宽11.5厘米，厚2厘米

青玉。晶莹滋润，遍布红褐色沁痕。由铺首、套环、圆环组成，系上等整块玉料精心套做，由浮雕、镂空、阴刻技法磋琢而成。主体为一兽面，上端中部为凤纹，两侧一对龙纹，活环方孔。圆环两侧正面有一对浮雕螭虎纹，头部出廓，背部遍布纹饰。

玉辟邪　　南朝

高5厘米，长8.2厘米，宽3.2厘米

白玉。晶莹滋润，局部有灰色沁痕。圆雕神兽，双角圆眼，翘鼻阔嘴，露齿伸舌，长须，肩有羽翼，长尾右卷，造型逼真，做工精致。

玉子母辟邪　　南朝

高7厘米，长11.5厘米，宽4厘米

白玉。晶莹滋润，有褐色沁痕。圆雕辟邪昂首奔走，独角粗眉，双眼圆鼓，张口露齿。有长须，有双翼，长尾左卷，背有转体小辟邪。造型优美，栩栩如生。

玉辟邪　　南朝

高5.8厘米，长7.2厘米，宽3.6厘米

白玉。晶莹滋润，遍布灰褐色沁痕。圆雕，兽形独角，昂首右顾，梭眼直鼻，张口露齿，伸舌长须，肩有羽翼，形象逼真。

玉座佛　　北周－唐代

高27.8厘米，宽15.5厘米，厚10.5厘米

白玉。晶莹滋润，有灰褐色沁痕。圆雕如来佛坐像，圆脸，螺髻，大耳柳眉直鼻，身着宽袍，衣褶作递进状，双足外露，各踩莲花座，双唇紧闭，闭目沉思，庄严肃穆。右手屈臂上举于胸前，手指自然舒展，手掌向外，左手搁于左膝。这一手印在佛教中称为施无畏印，表达普除一切恐怖烦恼，象征给众生带来安乐无畏之印。

玉镂空双凤佩（一对）　宋代

高6.9厘米，宽9.8厘米，厚0.5厘米

白玉。晶莹滋润，有褐色、灰白色沁痕。扁平片状，两面形式和纹饰相同。镂雕双凤，倒置为一兽面，有一对小孔，可供系佩用。为宋代仿汉风格。

玉龙凤出廓璧　宋代

通高13厘米，直径9厘米，厚0.5厘米

白玉。晶莹滋润，有灰白色沁痕。扁平片状，璧形，双面透雕。上端出廓龙纹，作回首状。下部璧面镂雕龙凤，并连为一器。全器构图层次分明，做工精致。

【金连德】

北京德玉堂主人。
中国古玉器研究会甘肃省中心副主任，
全国工商联古玩业商会中国古玉器研究会常务理事，
现为中国文物学会会员，
男，1962年出生，甘肃兰州市人。

自幼热爱书画古玩，酷好中国古玉器收藏，对珍藏的几百件古玉器反复潜心研究，在考其源流、证其根本的过程中，逐渐形成了自己的鉴藏风格，对中国古玉文化的诠释，特别是对齐家文化的研究有独到之处。

玉丫形器　　红山文化

高27厘米，宽6厘米，厚0.6厘米

淡绿色玉质。丫字形，局部有土沁。体扁薄修长，上部琢有两耳，面部刻阴线兽面纹，通体饰平行弦纹，末端有一圆孔，可供穿系。器形古朴，纹饰精美。

玉琮　齐家文化

高11厘米，宽16.3厘米，孔径13.6厘米

青玉。有解玉破茬及土褐色玉皮。琮体外方内圆，内有中孔，光素无纹，棱角分明。大部分已成鸡骨白沁色，包浆完好。玉表滑腻，古朴大方。

玉七联组合璧　　齐家文化

直径22厘米，孔径12.2厘米，厚0.3厘米

白玉。透光性好，有黄棕色土沁。七块璜形玉片组合成璧，内壁为斜坡形，璜两端有马蹄孔，用于系连。

玉狩猎纹璧　　齐家文化

直径20.8厘米，孔径6厘米，厚0.8厘米

深绿色玉质。璧的边部有褐黄色皮壳及沁色，中部有马蹄形孔。人与动物图案生动，其图案使用见底起脊法磨成，加工难度较大。此物磨工精致，包浆明显，时代特征突出，是齐家古玉中的精品。

玉琮　商代

高15厘米，宽8.2厘米，孔径6.3厘米

青玉。有白褐斑。中心有一上下对钻的圆孔，器两端呈圆口形，其外转角有十三节凹槽。器体打磨精致，包浆明显。

玉凤鸟柄形器　　西周

高12.4厘米，宽3.6厘米，厚0.4厘米

青白玉。有绺及褐色沁，器呈片状长条形。两面以双阴线琢变体鸟纹，形态具有抽象风格，具西周时期典型的艺术手法，工艺精致。

玉双龙出廓璧　　战国

宽21.8厘米，璧径18厘米，厚0.8厘米

青白玉。黄褐色沁，有白化斑，包浆温润。璧体内区琢谷纹，外区镂雕双凤鸟纹及变体蟠龙纹。

玉勾连谷纹高足杯　　战国

高16.5厘米，直径5.9厘米

青白玉。有绺及土褐色沁，杯体呈圆筒状，下腹内收成柄，足底外撇，口沿及腹下琢阴线勾云纹，中部琢勾连谷纹。器形规整，工艺精细。

玉双凤龙纹出廓璧　　战国

高24厘米，直径15厘米，厚0.5厘米

白玉。有黄褐色沁及白化斑，包浆温润。璧体内区琢谷纹，内孔镂雕一螭龙，廓外镂雕双凤鸟纹及变体螭龙纹。

玉豆　　战国

高17.5厘米，宽14厘米，直径10厘米

青玉。有黄褐色沁及氧化白斑。半球形器盖，上端有四环，盖面琢阴线云纹。器两端有环耳，下承圆柱柄，与当时同类青铜器相似。形象生动，工艺精湛。

玉辟邪　　汉代

高15厘米，长21厘米，宽8厘米

青玉。有绺及褐白斑，黑褐色沁。玉兽作蹲行状，身体粗壮有力，身两侧琢羽翼纹。头琢一角，牙齿露出，线条流畅，形态丰满，有汉代玉兽之特征。

玉虎　　汉代

长20厘米，宽6厘米，高8厘米

白玉。有褐色沁。玉虎作爬行状，身体粗壮有力，牙齿露出，张口前视。线条流畅，形态丰满，做工精致，具有神韵。

玉双凤盘　　汉代

宽20.5厘米，直径16.5厘米，厚1.8厘米

白玉。玉盘作圆形，琢工细致超薄。两端镂雕有凤鸟，回首之凤鸟仪态婀娜，体现出和谐的美感。

玉夔龙蒲纹璧　　汉代

直径19.6厘米，孔径4.8厘米，厚0.5厘米

碧玉。有褐色沁及白化斑，双面均以夔龙纹及蒲纹作装饰。器形规整，纹饰优美，具有较高艺术欣赏价值。

玉达摩渡江　　唐代

高21.5厘米，宽15.5厘米，厚13.5厘米

青玉。有红褐色沁，底部沁色较重。达摩面露和善笑容，右手掌着酒葫芦，左手握佛珠，盘右腿，腿上放经书，后背书卷，坐在竹筏上，竹筏底部雕有江浪，具有相当高的艺术感染力。

玉观音　　唐代

高38厘米，宽13厘米，厚19厘米

白玉。有墨褐色沁，包浆温润，线条流畅。高冠侧首，面貌丰满、娇美；比例适当，神态自然，琢工精致，很有时代特征。

（局部）

玉活环凤卮　　宋代

高20厘米，宽14厘米，筒径9厘米

白玉。有绺及土黄色沁。器为圆形直筒状，颈两侧有双兽活耳环，器身两层纹饰，琢有凤鸟形象，器物下侧部分立体镂雕出凤鸟形状。整个器形庄重典雅，工艺精湛，独具匠心。

【李红兵】

女，1984年毕业于首都医科大学医疗系，
现任首都医科大学副教授，
北京同仁医院内分泌科主任医师，
全国工商联古玩业商会中国古玉器研究会理事。

爱好古玉收藏，十余年如一日。李红兵收藏风格独具，她收藏古玉实行雷打不动的“预算制”。每月发薪，夫妻俩的钱统一交柜，留下买玉钱后再过日子。十几年下来，她收藏的战汉唐宋时期的古玉，造型古朴、品相温润，让人过目，爱不释手。

（局部）

玉人面　　商代

高5厘米，宽5.5厘米，厚1厘米

白玉。沁有枣皮红、茄皮紫，两侧钙化，为灰白色。其面上臣字目，双环耳饰，上弯獠牙，为商时特征。

玉浮雕螭纹鸡心佩　　汉代

长7.9厘米，宽3厘米

青白玉。玉表轻度钙化，沁为棕黄色。圆端处饰兽面纹、云纹，中后部浮雕螭龙。螭龙为S形，猫状，尾饰绳纹，为汉代风格。

玉觿　　汉代

长9厘米，宽1.5厘米

青白玉。沁为锈黄色、棕红色，玉表轻度钙化。觿柄为龙，龙张口伸足，生气盎然。

玉兽衔杯　　六朝

长5.5厘米，高3厘米，厚2.6厘米

青白玉。沁有枣皮红与红色毛纹。兽作匍匐伏，身两侧有翼，应为翼虎或神兽。兽口衔杯，杯可能作为笔洗之用，亦或敬神灵祭酒之用。

玉飞天　　唐代

长8厘米，高4厘米，厚2厘米

白玉。镂雕，人物昂首，身躯平飞，飘带后展，云飞绕身下，富于动感。镂空处沁有锈黄色。

玉镂雕花兽佩　　辽代－金代

长6.2厘米，高4.4厘米，厚1.8厘米

青白玉。沁有锈黄色，一只似虎之兽伏于花树之中，器形为辽金时期多用之状。

玉镂雕炉顶　　元代

宽5.6厘米，高5.3厘米，厚3.5厘米

白玉。润泽，剔透，镂空处沁有灰色。龙在翻卷之云团中，有腾云驾雾之势。

玉狮首兽　　元代－明代

高8.2厘米，宽5.5厘米，厚3厘米

黄绿色玉。兽首张口露齿，立耳，鬃毛下披，似发。前肢直立，后肢蹲坐，尾上翘，其状似狗。玉表为红色丝状沁。

玉镂雕龙兽纹鸡心佩　明代－清代

长7.7厘米，宽4厘米，厚1.5厘米

白玉。镂雕浮雕龙螭等兽，线条婉转，形象生动，刀法剔透，玉质润泽。

玉佩　明代－清代

长7厘米，高5厘米，厚2.5厘米

青白玉。边缘有沁色。玉佩主体为鸡，口衔昆虫，回头与鼠嘴相衔，按中国属相"酉子"谐音，应是多子多福之意。

【曹五一】

男，1951年出生。陕西西安市人，大学文化，现在人保西安市分公司工作。

陕西是人杰地灵的文化大省，作为华夏十四朝古都，深厚的文化底蕴使自幼深受传统文化熏陶的曹五一痴迷中华古玉而不能自已。现藏玉多年，收获可观。作为全国工商联古玩业商会中国古玉器研究会理事，其风格独具的藏品颇具魅力。

玉龙纹环形出凸玦　　商代

直径8厘米

青玉。晶莹滋润。此玦由一首尾相顾的龙形构成，龙身突起的扉棱和龙口、尾部特征具商代气息。

玉五孔刀　齐家文化

长46.3厘米

青玉。五孔单面钻成，沁斑呈带状，属祭祀用玉。

玉鱼形佩（二十件）

西周

整套长短不一，最长12.1厘米，最短5.6厘米

白玉。有不同程度的黄色沁及白色灰皮。鱼的形状互有区别，尾部呈凤尾、尖尾、刀状尾等等，玉质十分精良。

玉龙纹环　　春秋

直径9.6厘米

碧玉。用一面坡和单阴线琢解体后的龙纹形象，工艺流畅，时代特征明显。

玉乐舞人嵌版　战国

五片一组，每片长14.2厘米，宽5厘米，厚0.6厘米

白玉。受沁部分呈深浅不一的土红色，玉质莹润，纹饰生动。五片嵌版分别用浅浮雕表现出吹笛、击鼓、弹琵琶、吹笙、舞蹈等不同的乐舞人形象。

双龙共体叠形青玉璜　战国

长12.1厘米

青玉。璜由转身回头并体双龙与中上部兽面相连，龙身饰变形云纹。造型别致，工艺精到。

玉双龙并体纹玦　战国

直径9.9厘米

青玉。繁密的羽状鳞纹用典型的游丝雕技法表现，玉玦的缺口正是双龙相向的形象。

玉双羊头T形器　汉代

高7.6厘米

白玉。双绵羊头与一柱状相连形成的T形器，有一上下贯通的孔，用途不详。器身饰勾连云纹，上有绞丝纹一周与羊须相接，形象古雅考究。

玉辟邪　汉代

长25.6厘米

青玉。器形硕大，工艺精湛。由于时代久远，兽身大面积沁成老土大红，局部有蚀斑。

【王延春】

男，1953年出生，山东烟台人。
毕业于上海冶金专科学校。

1986年到京工作后，与邮票、红木家具、古钱币、玉器、瓷器、杂项等收藏结下不解之缘。现为全国工商联古玩业商会中国古玉器研究会常务理事、中国古玉器研究会浙江省中心副主任、中国收藏家协会会员。

玉变形勾龙　红山文化

高8.5厘米，宽3厘米，厚2厘米

青绿玉。变红山勾形龙的圆勾形为此状，即上下高，左右窄，新颖别致。其背下部沁为黄色，亦有灰白色沁，有沁坑与沁孔。

玉龙佩　　战国

高7.3厘米，宽3.2厘米，厚2厘米

青黄玉。局部红褐色沁，龙身雕琢绞丝纹，力度很大。尾部勾连云纹浮雕精细，神态古朴奔放。

圆雕大玉熊

战国

高46厘米

青碧玉。大面积受沁呈灰、褐、土红色斑块；整体饰减地阳起勾连云纹，做工十分不易。熊的造型夸张大气，十分传神。熊作为崇拜物，这一时期比较多见，且造型各异，极尽创新意趣。

玉龙形佩　　汉代

长11.7厘米，宽6.5厘米，厚0.3厘米

白玉。通体黑褐色沁。镂雕螭龙，昂首挺胸，斧形嘴，水滴形眼，卷尾分叉，饰绳纹，神气十足。

熊形佩　　西汉

高1.2厘米

青玉。受沁后呈红、褐、灰白等色。局部能见到玉的本色，并有通透脱胎之感。做工精细，纹饰有战国遗风，整体为熊的造型而尾部分叉，符合当时动物形玉件的特征。

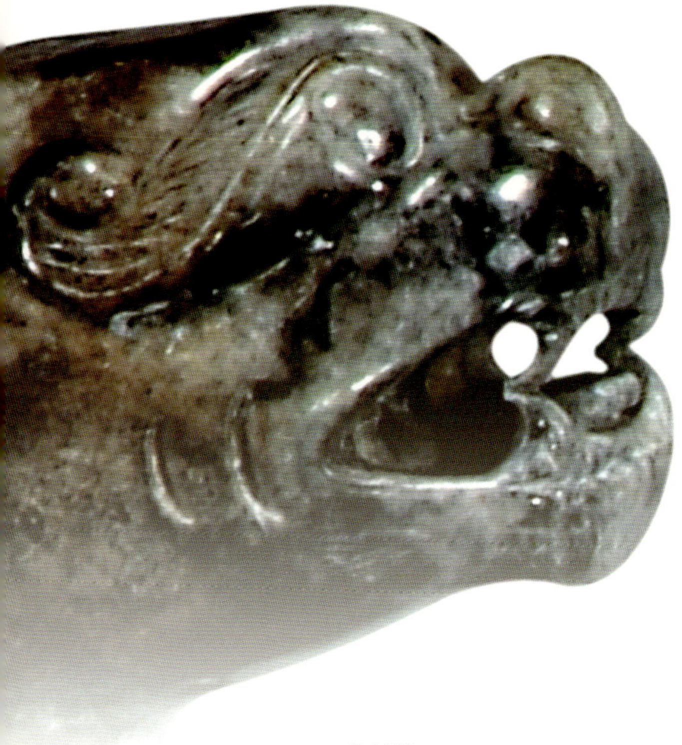

（局部）

（局部）

玉辟邪（一对）　　六朝

长14厘米，高8厘米，宽5.5厘米

青玉。通体红褐色沁、水沁。兽首回侧视，鼓目獠牙，神态狰狞而立。二兽一卷尾分叉，一绳尾分叉。

【孙黛艳】

现为全国工商联古玩业商会中国古玉器研究会会员。
自幼受家学影响酷爱传统文化艺术。
女，1977年出生于浙江宁波。

多年前，偶然结缘古玉，痴迷于古玉之美，以藏玉玩玉为最乐。玩玉之余，酷爱藏珠，并藏之甚丰。闲暇之余，乐将玑珠重新串制，以显其古朴之美。吕济民老先生观后，送墨宝“古珠弥珍，昔韵今拾”。

玉璜串饰　新石器时代

璜宽11.5厘米，9.2厘米，9.5厘米

玛瑙珠与玉璜重新串饰而成，玉璜光素无纹，扁平弧形两端有对钻孔，属新石器时代晚期，串饰朴素大方。

三件套

绿松石串饰　齐家文化（之一）

绿松石直径0.6厘米，高5.5厘米

绿松石。松石管制作规整，包浆自然，两面对钻孔。由若干玉珠与十三节绿松石管串连而成。

绿松石兔　齐家文化（之二）

高3.5厘米，厚1厘米，宽3.2厘米

绿松石。颜色浓绿有铁线。圆雕兔形，竖耳，圆眼，突出前腿，后有尾巴，对钻一孔，坠饰。

绿松石立人　齐家文化（之三）

高4.2厘米，宽1.2厘米，厚1.0厘米

绿松石。光亮有包浆。圆雕立人，圆脸，大眼，直鼻，弧嘴，双手前拱，两腿并立，后有对钻孔，孔有残缺。

琉璃串饰　战国

环直径1.9厘米，厚0.5厘米，管直径0.7厘米，珠直径0.9厘米，高0.4厘米

由琉璃环与管、珠串联而成，较珍贵。

（局部）

玉兔（一组四件）　汉代

长4.8厘米，宽1.9厘米，高2.2厘米

白玉。油脂光泽，红褐沁。圆雕伏兔，长耳，遍饰卷云纹，形象逼真活泼。

玉镯　　汉代

直径7.8厘米，厚1.2厘米

白玉。晶莹滋润，有红褐沁痕。圆镯有缺，两端碾琢龙头，镯身浮雕四排卷云纹，造型别致。

玉镯　汉代

直径7.5厘米，厚1.2厘米

黄玉。玉质温润，有褐色沁痕。圆环形，外浮雕龙、凤纹一组，做工精美。

绿松石镂雕双凤佩　汉代

宽4厘米，高3厘米，厚0.5厘米

蓝绿色松石。双凤之凤冠、凤翅、凤身相连，凤喙、凤爪向外，勾喙、勾爪极具美感。纹饰工整细腻，颇有功力。

玉龙佩　汉代

高5.5厘米，宽4.2厘米，厚0.5厘米

黄玉。晶莹滋润，有灰色沁痕。扁平片状，双面侧体龙纹，镂空雕，长角卷身，体态威猛。

玉带板（十二块）　　六朝

其中10块均为宽4.8厘米，长5.8厘米，厚0.3厘米。带扣第一块扣宽4.8厘米，长7.5厘米；第二块扣宽4.8厘米，长7.5厘米

黄玉。灰褐色沁痕。扁平长方形，皆浮雕青龙、白虎、玄武、朱雀四灵纹饰。其中一片带龙形钩浮雕朱雀纹，另一片带长方形孔浮雕龙纹。

水晶带扣　　唐代－宋代

长6厘米，宽5.5厘米，高2.5厘米

蓝水晶。表面有磨痕和沁色。浮雕兽面半筒形，双眼钻孔，边有卷云纹。一件侧面伸出鸟形钩，另一件伸出长方孔边框。

水晶鼎　　明代

通高17厘米，宽19厘米，口径8.5厘米

水晶。整料纯净无棉体。盖有昂首盘体伏狮纽，器小口鼓腹，三蹄形足。腹下部对称浮雕狮面，两侧圆雕一对牛首耳，并附活环。

翡翠珊瑚串饰

清代

翡翠珠直径1.2厘米，珊瑚珠直径0.7厘米

翡翠色泽浓艳，珊瑚颜色辣椒红，间隔配以鎏金铜珠子，串饰华丽艳美。配以清朝银鎏金掐丝凤纹耳环，更显富丽堂皇。

【杨　华】

1955年出生于云南省永仁县。

男，彝族。

大学文化，工人出身，当过教师，做过公务员，现退休定居四川省成都市华阳镇。酷爱中国古玉器收藏，现为全国工商联古玩业商会中国古玉器研究会会员。

玉牙璋　　三星堆文化

长48.8厘米，宽7厘米

白玉。有较重的灰白色包裹体及自然蚀斑。璋呈刀形，扉棱变化较大。

玉牙璋　　三星堆文化

长48.2厘米，宽8.7厘米

青白玉。白色沁斑较重，微见弧形，扉棱变化较大。

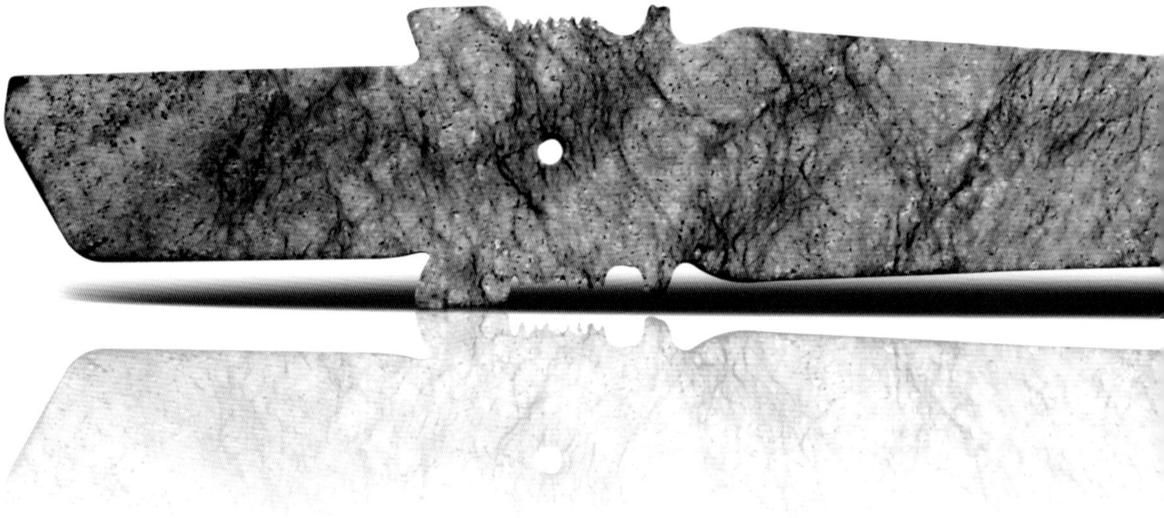

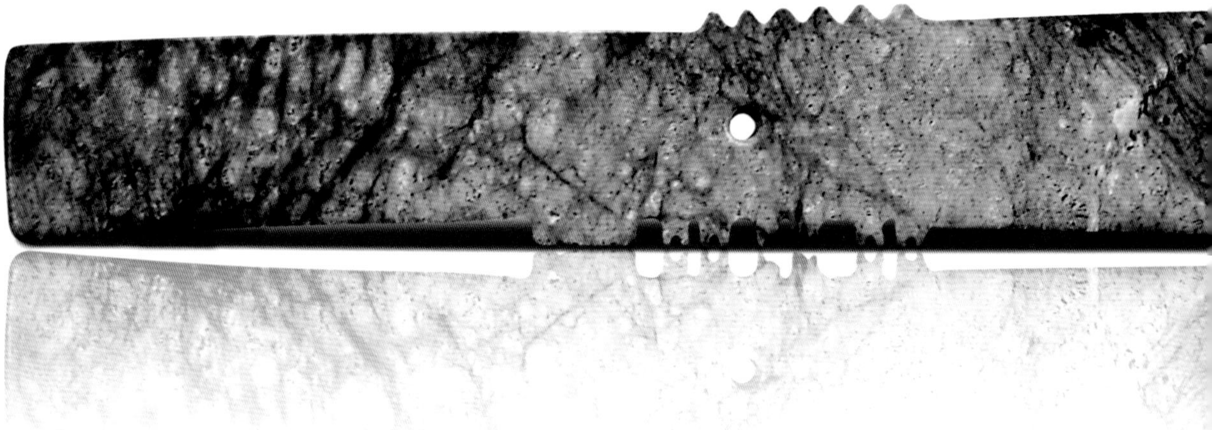

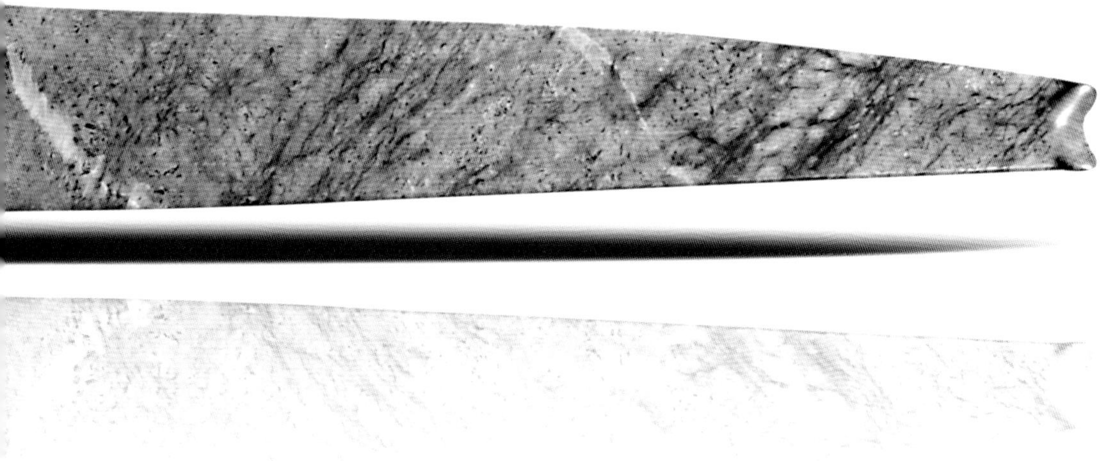

玉牙璋 三星堆文化

长63厘米，宽7.8厘米

青黑色玉质。遍体灰白色沁斑，扉棱变化较大，且有一组对称的细齿。

玉牙璋 三星堆文化

长46.3厘米，宽4.6厘米

青黑色玉质。扉棱一边呈锯齿状，一边为有规律的不同凹槽。

玉牙璋　　三星堆文化

长45.2厘米，宽8厘米

青黑色玉质。大面积灰白色沁斑，多见极细小银灰色闪光点。扉棱有序排列且变化较大，近尖部位有左右对称的斜入三角形口。

玉有领瑗　　三星堆文化

高4.8厘米，直径10厘米，口径7厘米

灰白色玉质。有红、黑诸色斑。一经盘玩即晶莹润泽。

玉戈　三星堆文化

长31.2厘米，宽8.2厘米

青灰色玉质。有红色沁斑，单面孔，故一面口大，一面口小。

玉编钟　汉代

高13厘米，宽9厘米，厚5.6厘米

青玉。温润有玻璃光，受沁部分呈黄、褐诸色。共八件一组，此件居中（最大一件高18厘米）。

【李英宏】

男，1948年出生。从军多年，曾在公安政法、博物馆等部门工作。

1999年开始在四川大学历史文化学院历史文化系就读研究生。现任成都巴蜀汉陶艺术博物馆馆长、理事长、四川广元市书协主席、中国汉画研究会理事、全国工商联古玩业商会中国古玉器研究会名誉副会长、中国古玉器研究会四川省中心主任。酷爱中国古玉器收藏，经多年努力，收获颇丰。

玉双耳罐　　古蜀文化

高24厘米

玉质不详。器形古朴，刻工精细，以阳刻线条勾画出抽象的大鸟图像，极富神韵。

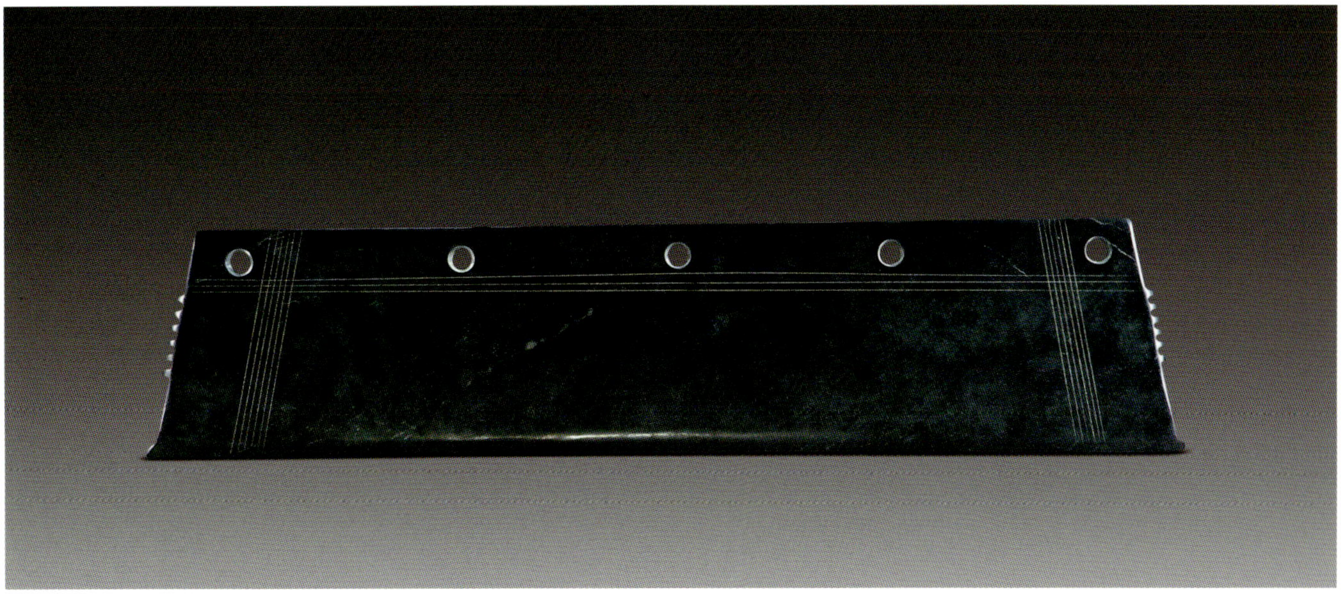

玉五孔刀　　齐家文化

长42.5厘米，宽12.5厘米，厚0.6厘米

墨玉。玉乌黑，发出柔和之光，玉面可见以绳加解玉沙切割之痕。器形规整，器身有阴线交叉纹饰。

玉钺　　齐家文化

长21厘米，宽18厘米，厚0.6厘米

青白玉。造型完美，带把并有双孔以便于用木或骨夹之。中一圆孔，钺刃为弧形，且两端刃尖上卷。

玉牙璋　三星堆文化

长37.5厘米，宽8.6厘米，厚0.5厘米

碧玉。玉面局部呈褐黄色，璋面宽窄变化，以阴线刻古蜀图纹，牙刃舒展飘逸，扉棱错落有致。

玉三孔刀　金沙文化

长21.8厘米，宽9.1厘米，厚0.8厘米

白玉。器身遍布朱、褐、黄、白等沁色，间染为“花斑”，局部透光为朱砂色。钙化较重，但玉质面未损，保持光滑与亮泽。

玉戈　战国

长22厘米，宽17厘米

青白玉。玉局部褐色沁，玉表可见原始性雕凿痕迹。戈形宽大舒展，刃部雕一凤，呈展翅飞翔状。

（局部）

玉龙凤手杖（一对） 汉代

龙杖长76.5厘米，凤杖长76厘米，直径3.2厘米

青玉。杖首为一龙一凤之形，昂首展尾，双足直立。杖身为浮雕，螭龙抱柱，间有凤形。玉质坚硬、细润。

玉凤耳豆（一对）　汉代

高11.5厘米，宽13厘米

“豆”为战汉时期青铜器代表之一，具有礼器与盛器的双重特征。此器仿青铜器，通体褐色沁，透光时呈现朱砂色内光。

玉浮雕螭龙碗　汉代

高8厘米，口径16厘米

青白玉。玉质细润，胎体薄，分布银灰色沁，在薄胎上刻高浮雕螭龙，显现出不凡的玉雕技艺。

兽足双龙螭盖炉　　清代

高16厘米，宽18.7厘米

白玉。玉质温润，琢工精细，形体稳重，古朴大气。沁色自然，光滑柔和。

【徐锦荣】

全国工商联古玩业商会中国古玉器研究会会员。
广东国际钻石商会古玩玉器艺术专业委员会理事，
中国文物学会会员，
男，1959年生于广东省广州市。

1984年从交通部第四航务工程研究院离职，创办广州华艺艺术发展中心，对书画、古玉有深入的研究，并有相当数量的收藏。

玉琮　良渚文化

高30厘米，宽8.3厘米

黄玉。四个角相间琢五个人面纹与四个兽面纹，为多节大玉琮。

玉琮　　良渚文化

高6.5厘米，宽8.7厘米

黄玉。四个角上部琢戴冠人首纹，其下琢阔目兽面纹。一人面与一兽面的组合，在良渚文化的玉琮上为一节，多节组合，便构成大玉琮。此器土沁、水沁较重，出现白色斑点云雾状色团、冻状紫红色。

玉尊　　商代－西周

高16厘米，宽8.5厘米

玉质不详。纹饰为商周青铜器上的流行样式。尊下部四个角上为四个饕餮纹，其角状、目状、兽面状，应是商周时代特征。玉表钙化，有土锈沁。

玉云纹虎　春秋

高6厘米，长12.5厘米

青玉。背部钙化，为黄白色；足部有铁锈沁，为红黄、棕红色；水沁处为云雾状浆白色。变形云纹为双阴线阳纹。

玉猪　战国

高7厘米，长10.5厘米，宽4.2厘米

青白玉。长嘴尖齿，獠牙旁出，眼球圆凸，双耳直立，猪鬃齐竖，一幅威猛欲斗之势。身饰变形云纹。玉表有水土沁之色。

(局部)

玉龙凤纹圆盖盒(一对)　　汉代

高8厘米，径11.5厘米

白玉。朱砂沁为枣皮红、鸡血红色，重沁处轻度钙化。盒盖顶部方纽、绳纹环，饰龙凤纹。盒身饰蟠螭纹。

玉叠状璧　　汉代

径10厘米，厚0.8厘米

青黄玉。沁为棕黄色、灰白色，应是土锈沁。璧外侧饰三排工整的乳丁纹，中间饰丝状绳纹，近内缘处为凸棱状。其璧外缘截面上有深槽为空凹状，似双璧相叠之状。战国至汉代有此形玉璧。

(局部)

玉镂雕三联璧　　汉代

宽33.6厘米，高16厘米，厚0.6厘米

白玉。朱砂沁，为鸡血红色，亦有水沁，有轻度钙化层。大璧边缘为狭窄的环形，其中镂雕张牙舞爪之龙，其鳍与龙尾伸展于大璧之外，尾绕在左侧小璧之中的小龙身上，胸鳍与大璧中的小龙之尾衔连在右侧小璧璧缘之上。构思奇妙，极尽汉代风格之美。

玉镂雕龙凤纹佩　　汉代

高22厘米，宽13.5厘米，厚0.5厘米

青白玉。有土锈沁，轻度钙化。为战国S龙佩的复杂化变形。龙鳍、龙尾屈曲弯转，器表谷纹饱满刚劲，给人以匀称、华丽之美感。

玉卣形尊　　汉代

高16厘米，宽12厘米

青白玉。为商周流行青铜器卣状，卣有提梁，此器无梁。柄下部与尊口下部琢带状弦纹，以此环带分上下区域，每个区域中的纹饰相对有独立性。饰龙凤纹，为减地浮雕。

玉瓶　　宋代

高25厘米，宽10.5厘米

青黄玉。沁为紫红色、灰白色。瓶身有三条绳纹带，绳纹之间饰变形云纹构成的龙纹。其纹饰仿春秋时代纹样，直线过于直细，应为宋代风格。

后记

《中国古玉鉴藏家藏品实录—鉴藏二十一家》编撰完成、出版在即之时，身为此书的主编，感慨颇多。

我自幼爱好古玉，为学习古玉知识，多年来遍访名家求教，得到了众多古玉鉴定专家的指点，受益匪浅。更幸运的是，结识了一大批志同道合、颇具眼力的古玉器研究爱好者。由此既觉中华玉文化之博大精深，更感古玉研究鉴赏领域的天外有天、人才济济。

为此我发起成立了全国工商联古玩业商会中国古玉器研究会，同致力于发扬中华玉文化的同道中人一起探索一条弘扬玉文化、推动玉文化发展，以及古玉收藏与现代社会、市场经济相结合之路，并付出了艰辛的努力。令人欣喜的是，短短三年多时间里，研究会从无到有，日益壮大，目前已发展成为拥有11个省级古玉器研究中心及两千多会员的研究团体。

本书是中国古玉器研究会推出的一部以介绍民间藏玉为主的大型丛书之一。今后还将以《中国古玉鉴藏家藏品实录》为题，陆续推出以个人收藏专集、某一历史文化时期或其他形式为副标题的相关读物，以便使更多的民间古玉精品与读者见面。我们的这一选题计划得到了国内众多古玉器研究专家和会员藏友的首肯和倾力支持。

本书著录的近300件玉器，为21位鉴藏家的藏品，他们愿将自己多年珍藏的古玉器拿出来公诸于世，与世人共享。对此书著录的每一件古玉器，多位古玉鉴定专家都进行了仔细研究和鉴定，有的古玉器要经过多次研究才做定论。在玉器摄像、文字解说等各个环节更是一丝不苟，力求还原古玉器之神韵。

珍品共享的开明精神和严谨的治学态度是中国古玉器研究会对待玉文化的真实态度，我们怀着一颗对华夏先祖的感恩和崇敬之心，抱着对后世子孙负责任的态度面对这些宝贵的文化遗产。

我们将竭尽所能进行一次大规模的民间发掘，以使那些深藏于民间或束之高阁的古玉珍品重见天日。我们期望这一举动能够丰富中国古玉文化的内涵，同时也为我国的古玉文化研究增加更多的素材。

玉乃中华文化之精萃，华夏民族之魂魄。收藏多年的古玉，侥幸流传下来，并得以刊行面世，实为人生之一大快事。愿借本书出版之机，谨对多位古玉鉴定专家的悉心指导表示衷心的感谢，对文化艺术出版社的大力支持、负责本书设计和玉器摄影的北京宇杉时尚摄影文化有限公司的全力配合以及为本书的出版做了大量工作的众多收藏家、会员等致以诚挚的谢意。

谨将此书奉献给古玉研究专家和古玉爱好者，并诚望不吝赐教。

侯彦成

2007年8月28日

图书在版编目（CIP）数据

中国古玉鉴藏家藏品实录——鉴藏二十一家 / 侯彦成主编，
北京：文化艺术出版社，2007.9
ISBN 978-7-5039-3393-6

Ⅰ.中 … Ⅱ.侯… Ⅲ.古玉器－中国－图录 Ⅳ.K876.82

中国版本图书馆 CIP 数据核字（2007）第 134169 号

中国古玉鉴藏家藏品实录—鉴藏二十一家

主　　编　侯彦成
责任编辑　王大鹏　白学践　李　辉
装帧设计　北京宇杉时尚摄影文化有限公司
出版发行　文化艺术出版社
地　　址　北京市朝阳区惠新北里甲 1 号　100029
网　　址　www.whyscbs.com
电子邮箱　whysbooks@263.net
电　　话　(010) 64813345　64813346（总编室）
　　　　　(010) 64813384　64813385（发行部）
经　　销　新华书店
印　　刷　北京顺诚彩色印刷有限公司
版　　次　2007 年 9 月第 1 版
　　　　　2007 年 9 月第 1 次印刷
开　　本　889 × 1194 毫米　1/16
印　　张　17.5
字　　数　30 千字
书　　号　ISBN 978-7-5039-3393-6/J·881
定　　价　320.00 元

版权所有，侵权必究。印装错误，随时调换。